MÓNICA GUTIÉRREZ ARTERO nació en Barcelona y es licenciada en Periodismo y en Historia. Ha sido galardonada con varios premios y menciones en concursos de narrativa breve y poesía, y desde hace unos años también escribe ficción, especializándose en el género *feel good*. Es autora de once novelas: *La editorial del señor Bennet* (2025), *Una Navidad escocesa* (2023), *Club de lectura para corazones despistados* (2023), *Sueño de una noche de teatro* (2021), *Próxima estación* (2020), *El invierno más oscuro* (2018), *Todos los veranos del mundo* (2018), *La librería del señor Livingstone* (2017), *El noviembre de Kate* (2016), *Un hotel en ninguna parte* (2014) y *Cuéntame una noctalia* (2012). Todas ellas han recibido una calurosa acogida por parte de los lectores y cuentan con centenares de reseñas positivas en la red.

En la actualidad, desde su página personal (monicagutierrezartero.com) comenta libros, lleva a cabo actividades culturales de diversa índole y recoge las opiniones de los lectores sobre sus obras favoritas. Además, colabora como articulista en otros blogs, lidera un club de lectura para acercar los clásicos a los adolescentes y es profesora de narrativa.

Papel certificado por el Forest Stewardship Council®

Primera edición en B de Bolsillo: junio de 2025

© 2018, Mónica Gutiérrez
© 2018, 2025, Penguin Random House Grupo Editorial, S. A. U.
Travessera de Gràcia, 47-49. 08021 Barcelona
Diseño de la cubierta: Penguin Random House Grupo Editorial / Marta Pardina
Imagen de la cubierta: © Miriam Bauer

*Printed in Spain* – Impreso en España

ISBN: 978-84-1314-980-6
Depósito legal: B-6.345-2025

Impreso en Black Print CPI Ibérica
Sant Andreu de la Barca (Barcelona)

BB 4 9 8 0 6

# Todos los veranos del mundo

## MÓNICA GUTIÉRREZ

# El regreso

*A*quí estoy de nuevo, en el pueblo de mis padres, el pueblo de mis veranos de infancia. Todavía me queda un buen cuarto de hora por un camino de cabras para llegar hasta la casa pero antes decido pararme en La Cacerola. Aparco de cualquier modo, teniendo en consideración que aquí todavía no hay diferencia entre calzada y acera, solo adoquines romanos —si es que es cierta la historia que cuenta la alcaldesa Miranda y los romanos se dignaron a llegar hasta Serralles—, abro la puerta del coche y saco la cabeza. El contraste de temperatura entre el interior del vehículo con aire acondicionado y el exterior es tan fuerte que se me empañan las gafas de sol. Dudo un momento antes de poner el pie sobre las piedras pulidas por el desgaste, hasta que recuerdo que hoy he sido previsora y me he puesto las sandalias planas.

—Chúpate esa, desidia municipal —murmuro.

Nada ha cambiado: campanario a lo lejos, calles vacías a la hora de la siesta, un centenar de casas de dos pisos, la única plaza del pueblo atisbándome burlona a la vuelta de la esquina. Hasta el cartel herrumbroso de La Cacerola sigue siendo el mismo.

—Bienvenida al infierno —me animo mientras noto la bocanada de aire caliente que merodea juguetona a mi alrededor.

No cierro el coche con llave. Aparto las ruidosas cortinas metálicas que dan la bienvenida al bar y entro. La temperatura es igualmente insoportable en el interior. Las aspas de un ventilador gigante colgado del techo remueven impasibles el aire caliente.

La televisión está encendida y con un canal de noticias sintonizado. El local sigue siendo tan pequeño como recordaba, quizás más, como si la ausencia hubiese encogido las dimensiones de mi pasado. Detrás de la barra brillante, Antonio se ha quedado a medio reponer una caja entera de Coca-Cola por culpa de algo que ha captado su atención en la pantalla. Pese al sonido de la cortina, anuncio de que un parroquiano acaba de entrar, tarda unos segundos en desviar la vista hacia mí.

Me reconoce y se le pone una sonrisa ancha, de esas en las que se emplean todos los dientes, bajo el mostacho blanco. Se lleva las manos a la oronda cintura y se ríe.

—Mira quién está aquí —dice con su vozarrón de trueno—. Ya sabía yo que estarías al caer.

—Hola, Antonio. ¿Cómo estás? —saludo contagiándome de su sonrisa.

—¡Milagros! —grita con ganas—. Mira quién ha venido, mujer.

Milagros sale de la cocina, con un paño en las manos y los pies en zapatillas. Todavía estoy casi en el umbral de la puerta, le pillo a contraluz. Achina sus ojitos y se abalanza sobre mí en un abrazo mullido y apretado.

—¡Hola, guapísima! —me dice después de los dos besos de rigor. Son besos ruidosos, que se hunden fuerte en las mejillas, besos de tía, de los que se olvidan cuando vives en la ciudad.

Se separa de mí y me mira con atención, desde todos los ángulos.

—Adelgazaste —dice con ese acentiño gallego que tanto me gusta. Lo dice con pesar, con disgusto.

—No, apenas. ¿Cómo estás? ¿Cómo estáis todos? —Me apresuro a cambiar de tema e incluyo a Antonio en la conversación.

Ellos hablan a la vez, se atropellan, se completan las frases el uno al otro. Llevan tanto tiempo juntos que casi se parecen hasta en el físico. Me sorprendo preguntándome cómo será esa intimidad compartida a lo largo de los siglos, ese irse acomodando tanto en el gesto del otro que se difuminen los límites de la piel hasta mezclarse.

Les dejo hablar, les escucho un poco y me familiarizo de nuevo con sus caras. Alguna arruga más desde el verano pasado, pero poca diferencia. Me da rabia que me gusten, porque en el fondo sé que no quiero estar aquí. Otra vez.

Cuando Milagros me ofrece por tercera vez un poco de empanada y una Coca-Cola, considero que es la señal, que ha llegado el momento de ponerse de nuevo en movimiento tras la parada en el limbo. He cogido aliento para el resto del camino.

—Os dejo, pareja. Me están esperando arriba —me despido poniéndome en pie.

Los dos intercambian una mirada que se me escapa, que no comprendo. Cosas de matrimonio viejo, pienso equivocada.

—Claro —se apresura a disimular Milagros.

Antonio se da cuenta de mi indecisión pero no me atrevo a preguntar.

—Lo encontrarás algo cambiado —se atreve a decirme.

Su esposa lo fulmina con la mirada y se apresura a acompañarme hasta la puerta. Resulta absurdo porque apenas me separan de la cortina cinco baldosas verdes.

—Claro, claro, que te estarán esperando. Nos vemos luego, cuando vengan los chicos.

—¿Todavía no han llegado? —me extraño.

—Tú eres la primera este año.

Magnífico. Mis hermanos se retrasan y ni siquiera han tenido el detalle de llamarme para avisar.

Vuelvo al coche. Me persiguen las campanadas de las tres de la tarde. Si la hubiese elegido, no podría haber encontrado peor hora para llegar, en plena canícula de agosto, «con la que está cayendo», como diría el señor Antonio. Solo entonces me doy cuenta de que no me han felicitado.

Conduzco despacio montaña arriba. En la última curva, contengo involuntariamente la respiración. Veo la casa familiar y se me escapa el aire retenido en un lamento de sorpresa y desconcierto. El perfil de la masía ha cambiado. Tengo delante un castillo.

Dejo el coche en medio del camino y salgo deprisa, sin apartar la vista de los dos edificios de piedra que alguien ha añadido a la casa original, y hasta tienen... ¿almenas? ¿Se llaman así? La enorme casa de mis padres se ha multiplicado por tres y, sorprendentemente, lo ha hecho con el mismo tipo de piedra que la original. El conjunto, contra todo pronóstico y apuesta, es... hermoso.

Observo las curvas de los extremos, el acabado de los tejados de pizarra negrísima, tan nueva... Los ventanales amplios, las enredaderas de hierro forjado con tanta delicadeza que desde esta distancia parecen volutas orgánicas, vegetales... Y entonces comprendo: es el sello inconfundible de la mano firme de arquitecto aficionado que siempre tuvo mi padre.

Me acerco sin apartar la vista de los tejados, tan familiares y a la vez tan nuevos, ahora que todo ha cambiado y sigue siendo como siempre. Avanzo sobre la hierba seca y mullida, sin extrañarme por la ausencia de gravilla de otros veranos.

La enorme puerta de madera oscura y forja ha desaparecido. En su lugar hay una automática, de cristal, como la de los supermercados y algunos hoteles. Se abre ante mí en cuanto piso el felpudo. Me encuentro con el frescor del aire acondicionado y una recepción de madera clara y lustrada. Tras el mostrador me sonríe una joven guapísima, con los ojos de un verde imposible.

Me doy cuenta de que tengo la boca abierta. La cierro. Doy dos pasos hacia atrás y la puerta, silenciosa y obediente, vuelve a abrirse para dejarme salir. Salgo. El calor no disipa el espejismo.

Vuelvo a entrar. La sonrisa de la joven con ojos de ninfa de los bosques no flaquea.

—Hola —saluda feliz—, ¿en qué puedo ayudarle?

—Vivo aquí. —Me sale un hilillo de voz, ronca por el aire acondicionado y el surrealismo de la escena—. O eso me parece recordar.

El vestíbulo de piedra, donde antes amontonábamos zapateros hechos por mi padre y percheros llenos de chaquetas, abrigos, fulares y sombreros de paja, luce impecable bajo la luz tamizada de las vidrieras de colores cálidos que ahora decoran los ventanales más altos. Bajo esa atmósfera algo irreal, aparece un señor mayor caminando a pasitos cortos y blandiendo a modo de arma defensiva lo que parece un cucharón de madera. Es Eduardo Mendoza.

—Señor Serra —le riñe amablemente la ninfa de la recepción—, su clase es en el segundo piso.

—Solo quería ir al baño —se queja el pobre Eduardo Mendoza bajando la guardia de su cucharón de madera—, pero me he equivocado de pasillo.

—Creo que yo también —le reconforto.

Me mira con cierto aire de tristeza y se vuelve por donde ha venido. Me gusta su pelo blanco, su bigote, esa manera de hablar y de mover los utensilios de cocina como al compás de las agujas de un reloj secreto.

Un ruido de pies apresurados precede a la aparición de mamá bajando las escaleras que todavía —gracias a los dioses— dan al vestíbulo de la casa.

—¡Cariño! —grita feliz antes de abrazarme fuerte fuerte.

Me envuelve, me aprieta, me corta la respiración. Hace mucho tiempo que nadie me abraza así, justo como deberían abrazar todas las madres del mundo. Cierro los ojos y oculto mi cara entre su pelo; huele a champú de lavanda y a crema de cerezas maduras. Mi madre.

—¿Cómo estás, cielo? —me dice deshaciendo el abrazo y mirándome muy de cerca, a los ojos, con esos poderes de rayo láser que siempre ha sabido utilizar tan bien.

—Mamá, ¿qué le ha pasado a la casa?

—¡Tachán! —Se ríe soltándome y haciendo un gesto que abarca todo lo que ven mis ojos—. ¿Te gusta? He ampliado todo el ala norte para el taller culinario. ¡Soy la gerente de una escuela de cocina rural!

Me quedo mirándola sin saber qué decir.

—¿Cuándo…, cómo…?

—Ven —me interrumpe contenta cogiéndome del brazo—, te lo enseño.

Subimos la amplia escalinata que hay a la derecha de la bella recepcionista —albergo la esperanza de que las antiguas escaleras de la izquierda sigan ascendiendo hasta nuestros dormitorios—, y mamá me va explicando por el camino:

—Pensé que las obras serían una pesadilla, pero Montse me recomendó un arquitecto de Boí, hijo de unos amigos, y todo resultó mucho más fácil de lo que pensaba.

Estamos ante un amplio pasillo de paredes de piedra gris decorada con bodegones y ventanas enrejadas con volutas y motivos vegetales. El suelo es de gres y está cubierto por una increíble alfombra azul cobalto sobre la que dan ganas de ponerse a bailar. Hay varias puertas de vidrio, mamá atraviesa la primera y me enseña un aula espaciosa y llena de luz con una cocina completa y cinco filas de pupitres altos con sus correspondientes taburetes.

—Ha sido todo un éxito, Helena —me está diciendo mamá—. Este verano he tenido lleno completo. Menos mal que Pepa, Montse y Mariona me ayudan con las clases de postres y de ensaladas porque si no... En invierno supongo que bajará la afluencia, claro, aunque con los esquiadores nunca se sabe.

Mamá sigue parloteando feliz mientras vamos de un aula a otra. La última puerta me desvela un laboratorio completamente blanco. La tarima del profesor, con su mesa de pruebas llena de probetas y decantadores, los pupitres, cada uno de ellos con un pequeño fregadero y grifo de agua fría y caliente, las sillas, todo es de color blanco, cromado o transparente. Todo está impoluto.

—¿Y esto?

—Es la sala de catas —contesta mamá orgullosa—. Quiero ofrecer una experiencia completa, con cata de vinos incluida. Aunque todavía no está en funcionamiento, claro, necesitaré un enólogo que imparta las clases. Ya veremos más adelante.

Sigo aturdida mientras terminamos la visita guiada por la planta inferior: más clases, una despensa enorme, los aseos y el proyecto de una pequeña cava para almacenar convenientemente sus futuros vinos de cata. Mamá se ofrece a ayudarme con las maletas que he dejado en el coche.

Consciente de que me ha sumido en un estado muy cercano al horror con su sorpresa de convertir nuestra casa en una universidad para turistas seducidos por las delicias culinarias de los Pirineos, mamá sigue hablando sin parar de su proyecto poniendo especial cuidado en no dejarme meter baza.

Por fortuna, el ala izquierda de la casa sigue estando tal y como lo recordaba: la enorme cocina abajo, con su puertecita al jardín y al patio de la colada; los dormitorios y el salón arriba. Mamá me deja con un beso distraído en mi habitación y se apresura a bajar para preparar algo fresco «para ese polvo del camino», dice.

Mi habitación sigue siendo la de mi infancia. Sus cortinas pálidas, de flores bordadas, la altísima cama con el dosel de columnas talladas con motivos vegetales, las gruesas vigas de madera que cruzan su techo, todo sigue justo en el lugar de mis recuerdos, como un bálsamo reconfortante de orden y placidez. Mamá ha cambiado el parqué, puedo vivir con eso, y ha añadido un par de cuadros a las paredes de piedra, está bien. Pero el tiro de la chimenea sigue en su sitio, su repisa limpia de adornos, y la cómoda con sus cajones, y el armario, y el hermoso tocador de principios del siglo anterior, heredado de mi bisabuela... Recorro despacio esta habitación tan querida, tocando con la yema de los dedos la superficie de sus muebles, viejos conocidos, testigos del sueño y el descanso de mi infancia. Abro un poquito la ventana y dejo que una ligera brisa meza las cortinas. Respiro tranquila ese aire que huele a abeto, a leña, a hierba recién cortada. Justo así huele Serralles a finales de agosto.

# Nada cambia en Serralles

Mamá trae una jarra de limonada con hielo y cáscaras de fruta, artísticamente retorcidas, flotando en el líquido casi transparente. En la otra mano lleva dos vasos. Lo pone todo sobre la mesa de madera de teca del jardín y se sienta a mi lado. Las hermosas glicinas han crecido tanto que nos amparan misericordiosas con su sombra espesa, entretejida de flores. Sirve la limonada en los vasos, me tiende uno y espera a que las dos hayamos dado un primer sorbo para cogerme de la mano. La noto huesuda y seca, pese al calor achicharrante del mediodía en este rincón de un prado al pie de los Pirineos. Por la tarde sé que soplará un vientecito del norte que refrescará la atmósfera, y por la noche tendré que ponerme una chaqueta. Pero de momento hace calor, y mucho. No sé por qué hemos tenido que sentarnos fuera, en el jardín, sin aire acondicionado.

Siento la espalda y la nuca mojadas de sudor y las mejillas arreboladas. Tengo ganas de recogerme el pelo en una coleta, pero no tengo nada con qué sujetarlo. Mi blusa blanca ha perdido toda su frescura. En un gesto que tiene memoria propia, la memoria de mi infancia, dejo que mis sandalias resbalen y apoyo los pies descalzos en la hierba algo marchita del jardín de mamá.

—¿Cuándo viene Jofre? —me pregunta.

—En un par de semanas, cuando consiga vacaciones por primera vez en dos años.

Me mira atenta, con unas manchitas de sol que se han colado por entre las ramas de las glicinas bailándole en los ojos. Me gustaría poder contarle las arrugas con la punta de los dedos.

—¿Estás nerviosa?

—No.

—Es que tampoco te veo muy emocionada.

—Pues seré como tú, mamá, un poco impertérrita.

—¿Yo soy eso? —dice riéndose bajito.

—¿Qué es eso de la cocina rural? —le pregunto algo molesta todavía.

—Ahora está muy de moda. En el pueblo han salido hoteles rurales como setas y se llenan durante todo el año. Mis talleres forman parte del paquete de escapada rural que ofrecen las páginas web de esos hoteles. Y están teniendo un éxito tremendo.

—Pero ¿cómo se te ha ocurrido? ¿Por qué no has dicho nada? ¿Desde cuándo…?

Mamá hace un gesto cariñoso para detenerme. Se alisa la camisa azul a rayas que se ha puesto esta mañana.

—Hace años que vengo pensando en hacer alguna cosa parecida, ya lo sabes.

No, no lo sé. No tenía ni idea de que mi madre había caído presa de la fiebre de los emprendedores *hippies* que, por lo visto, se ha extendido como la peste por entre las callecitas del pueblo de mi infancia.

—Tenía algún dinero ahorrado y mucho tiempo libre. Al principio pensé en montar un hotelito rural como han hecho muchos de nuestros vecinos.

La miro con horror y ella se apresura a tranquilizarme. Su voz suena serena y ensayada en el aire cristalino del pequeño jardín. Sospecho que hace tiempo que sabe que voy a pedirle explicaciones y está preparada.

—Al final, hablando con las chicas, decidimos que lo mejor sería algo que no diese tanto trabajo. O, al menos, que no fuese a tiempo completo. Como a todas nos encanta cocinar y tenemos un montón de recetas de nuestras abuelas y tatarabuelas, pues decidí que un taller de cocina sería lo mejor. Todos esos turistas que vienen en busca de paz, de vida auténtica y de aire puro se quedan embobados cuando les enseñas a hacer algo tan básico como pan de leña.

—No lo dudo —murmuro con un gesto de fastidio—. Así que a eso te dedicas con tus compinches, a embaucar a idiotas urbanitas de escapada rural.

Mamá sonríe sin inmutarse y me sirve un poco más de limonada. A nuestra espalda se abre la puerta de la cocina, por suerte sin reformar, y Silvia sale al jardín.

—Hola —dice con su habitual falta de entusiasmo por verme.

Mi hermana pequeña lleva una camiseta amarilla que ha pasado por la lavadora unos dos millones de veces, una falda larga que jamás ha conocido la plancha y unas sandalias que juraría que son las mismas de los últimos cinco veranos anteriores. Lleva el pelo corto, cortísimo, sin peinar. Ni maquillaje ni pendientes.

Y pese a todo —o quizás precisamente por ello—, sigue siendo guapa.

Pienso que, bajo la luz sin tamizar de este jardín eterno en el que hemos crecido, ella todavía es la misma adolescente de altos principios morales que siempre ha militado en Greenpeace. Un hada de los bosques que ha cambiado su sonrisa infantil por un ceño permanentemente fruncido y muchas ganas de pelear.

Mamá se levanta y la abraza. Se besan, se acunan,

se murmuran palabras de reencuentro. Aunque —estoy segura— se vieron el mes pasado.

Mi madre entra en la cocina en busca de otro vaso y Silvia se inclina y me da un beso en la mejilla.

—Hola, hermana mayor.

—Hola —le digo ensayando una sonrisa.

—No sabía si vendrías. Pensaba que mamá me tomaba el pelo cuando me dijo que te casabas.

—¿Tan extraño te parece que alguien quiera casarse conmigo?

—No, lo que me parece extraño es que tú quieras casarte con ese...

—¡Silvia! —la riñe mamá desde el umbral de la cocina.

Ella se encoge de hombros con un gesto de la ninfa encantadora que no es y se sienta a mi lado.

—Me ha sorprendido que quieras casarte aquí, en el pueblo, eso es todo.

—La idea fue mía —interviene mamá contentísima—. Y a Jofre le encantó.

—¿Y a ti? —Mi hermana me mira burlona.

Ahora soy yo la que se encoge de hombros. De repente, todo me importa un pimiento. Si no fuese porque me da rabia bajar las defensas delante de Silvia, me echaría a reír. Detecto el momento exacto en el que encuentra la respuesta que está buscando en la indecisión de mis pupilas. Relaja los hombros, respira hondo el aire caliente que nos rodea y les concede una mirada de gratitud a las glicinas. La de hoy es la Silvia conciliadora, pienso. O quizás me está dando una tregua, por conmiseración. O quizás es que sabe que tiene razón y no necesita seguir peleando.

—¿Qué te parece el taller de mamá? —me pregunta.

—Espantoso.

Parece sorprendida por la respuesta, pero no dice nada. No entiendo cómo puede ser tan ingenua a estas alturas. Debe de ser cosa de familia, papá también lo era.

—¿Qué es espantoso? —pregunta mamá contenta tendiéndole el vaso a Silvia y sentándose de nuevo.

—Nada —se apresura a contestar mi hermana.

—Tu negocio. ¿Por qué no me habías dicho nada?

—Seguramente te lo comenté —dice mamá quitándole importancia.

—No. Me acordaría.

—Bueno, tampoco es que tú escuches mucho últimamente —me acusa Silvia con su vocecita de adolescente belicosa.

—Seguro que tú sí que lo sabías, ¿no? —le digo.

—Pues sí. Y le he echado una mano con las obras y la decoración y los programas culinarios y…

—¿Es que ahora vives aquí?

—No, pero mi madre sí y suelo pasar a visitarla.

—Buena hija.

—Vosotras dos. —Mamá nos señala con un dedo larguísimo—. Dejad de pelearos. Estamos de vacaciones. Y de celebración.

No he estado en la casa de mamá desde hace dos veranos. Y si no fuese porque ella y Jofre se han empeñado en que nos casemos aquí, creo que tampoco habría venido este año. Me cuesta volver desde que no está papá y sé que Silvia tiene razón cuando piensa que no me apetece demasiado una boda aquí.

«Es una gran idea, Helena —me dijo mi prometido meses atrás, en cuanto mi madre colgó el teléfono tras darnos la enhorabuena por nuestro compromiso—. Las bodas en pueblos pequeños son un acontecimiento más especial, íntimo. Tienen autenticidad.»

«Preferiría que nos atuviésemos a los planes iniciales. Me gustaba eso de ir al juzgado y que nos casase alguno de nuestros jueces preferidos.»

«Tu familia prefiere una boda más tradicional. Y yo también, ahora que lo pienso. Ya pasamos muchas horas en los juzgados de esta ciudad, casémonos en un lugar más pintoresco.»

Jofre es uno de los jueces más jóvenes de la Audiencia Provincial de lo Civil de Barcelona. Empezó su carrera en la prestigiosa firma Mistral Abogados Consultores —MAC, para empleados y familiares—, donde nos conocimos. Pronto cambió las salas de reuniones de los gigantes financieros en apuros legales por la toga y esas mazas minúsculas que tanta gracia me siguen haciendo incluso ahora.

Llevamos unos dos años viviendo juntos y nos vamos a casar en tres semanas.

—Por cierto, mamá, ¿sabes que tienes a Eduardo Mendoza cursando uno de tus seminarios de cocina? —le pregunto.

—Es verdad, yo también lo he visto cuando he entrado —sonríe mi hermana—. Estaba de palique con la recepcionista.

—Es el señor Serra. Anda algo... despistado. Creo que se siente solo —nos confía mamá con la voz preñada de dulzura—, pasa mucho tiempo aquí.

—Fisgoneando por la casa en lugar de escribir su nueva novela —susurro para que solo me oiga mi hermana.

—¿Va a venir Xavier? —Silvia firma un precario armisticio.

—Sí, esta noche. Con los niños.

Hago un gesto de fastidio que no le pasa desapercibido a mamá, pero no dice nada. Me mira con cariño y me duele. Me duele esa mirada, ese amor que se le derrama, porque no es así como la recuerdo.

—Estoy cansada del viaje —les digo levantándome—, voy a echarme un rato antes de comer.

Mamá se pone en pie para acompañarme.

—No te molestes, sé volver sola a mi habitación. Si es que en estos últimos diez minutos no la has convertido en un aula de cocina campestre.

—Sigue estando donde siempre —la oigo a mis espaldas—, como todo lo que hay aquí. Esperándote.

Atravieso la cocina, espaciosa y llena de luz, con sus cacharros de cobre colgados de las paredes de piedra y el aroma de la sopa que borbotea en los fogones. La chimenea, las ristras de ajos, los bodegones oscuros y horrorosos..., todo sigue en su lugar. Como si el tiempo no hubiese tocado nada más que mis recuerdos.

En esta cocina desayunábamos y comíamos cada día. Mi madre, Silvia, Xavier y yo. Papá solo presidía las cenas porque aprovechaba los veranos para supervisar la fábrica de galletas. Al pasar de largo, inspiro hondo en busca de ese aroma a vainilla y caramelo que impregnaba su ropa cuando llegaba a casa y se sentaba a la mesa. No queda nada, ni siquiera el recuerdo de su sonrisa.


Oigo unos golpecitos en la puerta. Hace unos minutos que estoy despierta pero no me he atrevido a moverme. Aquí se escucha bien el silencio. Es una de las cosas que se me habían olvidado, esta agradable sordina de los gruesos muros de piedra, este aislamiento protector de las casas antiguas al borde de la montaña. Lo echaba de menos. Como tantas otras cosas que no quiero confesarme. Como el jardín y sus glicinas, como las montañas al fondo.

—Adelante.

Silvia entra en mi habitación y se queda de pie, sin saber muy bien qué hacer con sus manos nerviosas de pajarillo.

—La comida está lista —me dice.

—Ya voy.

Pero ninguna de las dos nos movemos.

—No viniste por Navidades.

—Jofre tenía un congreso en Viena.

—Sé por qué no viniste —me dice llena de ira.

Se da la vuelta enfadada y sale de la habitación. Silvia no tiene paciencia y a mí me da coraje que sepa leerme con más claridad que yo misma.

Bajo sin mirarme en el espejo. Seguramente estoy despeinada pero ahora mismo no podría encontrarme con mis ojos, cargados de algo en lo que no quiero pensar.

En la cocina, Silvia y mamá hablan en voz baja y se interrumpen en cuanto llego. Simulan estar ajetreadas poniendo los últimos cubiertos y el pan sobre la mesa.

Nos sentamos y mamá sirve la sopa. Pruebo el pan y tiene un sabor raro.

—Es de cebolla y semillas de amapola —me dice Silvia.

—Me gustaba el pan cuando solo era pan.

Ellas ignoran mi mal humor. Me da rabia esta tregua, su falta de enfado. Estoy siendo una estúpida y lo sé. Pido a gritos que me pongan en mi sitio. Pero nadie escucha. Hace tiempo que el silencio se ha vuelto demasiado espeso a mi alrededor como para que mis gritos de socorro puedan atravesarlo.

Durante la comida, amenizada por la interrupción de la cabeza de Eduardo Mendoza asomando tímidamente por la rendija de la puerta, seguida de un murmullo de disculpa por parte de su bigote, procuramos mantener una charla ligera. Silvia nos cuenta que ha terminado su posgrado en Recuperación Biomarina y que en octubre, si todo va según lo previsto, embarcará en un buque escuela rumbo al Pacífico para impartir un curso sobre diversidad protozoaria (o algo así) en los océanos. Mamá se preocupa por si habrá Skype en ese barco, por lo que mi hermana y yo sospechamos que ya ha empezado a imaginarlo como una especie de ballenero sucio, muy parecido a la chalupa infame de George Clooney en *La tormenta perfecta*. Seguramente, a estas alturas ya se habrá hecho un retrato aproximado de todos sus tripulantes y compañeros de viaje, como clones groseros y barbudos de Clooney en diferentes grados de desaliño y asilvestramiento (como si en esa peli Clooney no apareciese lo suficientemente desaliñado incluso para los imaginarios estándares marinos de mi madre).

Después del café, durante el cual mamá nos habla de su escuela gastronómica sin parar —tiene miedo de que volvamos a discutir—, me ofrezco a fregar los platos. Me apetece quedarme a solas en la cocina, donde el calor todavía no ha conseguido traspasar los muros. Por encima del fregadero, justo a la altura de mis ojos, el ventanal de travesaños de madera blanca enmarca el jardín. Las glicinas inmóviles, la hierba cansada, los recios castaños que lo delimitan. Me inquieta la mirada triste que me devuelve en segundo plano el cristal.

Y solo entonces reparo en que nadie ha mencionado mi vestido de novia. Ni siquiera yo.

# Una puerta de hobbit

*H*ace demasiado calor para salir pero tengo más probabilidades de acabar ardiendo en casa, por culpa de una de las miradas incendiarias de mi hermana cada vez que me quejo de la peregrina idea de mamá de montar una escuela de cocina para tontos. Además, me apetece estar sola unos minutos.

Salgo por la puerta trasera, la del jardín, temerosa de tener que darle las buenas tardes a la ninfa recepcionista provocadora de complejos, y camino deprisa por el sendero de cabras que baja al pueblo. Empiezo a sentir el sol inclemente sobre la cabeza y recuerdo demasiado tarde que no he cogido sombrero ni me he puesto protección solar.

Juego a emboscarme en cualquier sombra raquítica que las mimosas proyecten sobre el camino de arena y piedras, y de salto en salto pongo por fin los pies en el pequeño núcleo poblacional de Serralles. No hay casas nuevas a la vista ni calles pavimentadas. Todo sigue satisfactoriamente inmóvil en el tiempo, fiel al mapa de mi memoria.

Puedo recorrer las calles que llevan hasta la plaza del ayuntamiento y a la iglesia con los ojos cerrados. Forman parte del entramado infantil de mis veranos, cuando mis padres ya vivían en Barcelona, mucho antes de que naciese Xavier.

Papá y sus tres hermanos habían heredado la fábrica de galletas de la familia. Habían mantenido la producción a las afueras de Serralles, ampliando las naves y el catálogo, pero los cuatro estuvieron de acuerdo en trasladar las oficinas y el centro logístico de distribución a Barcelona.

En la ciudad, el negocio familiar era más visible y se movía con mucha más fluidez. Papá cambió sus deportivas por el traje y la corbata y se convirtió en un predicador incansable de los beneficios de la fibra, la avena, el chocolate sin leche y la canela; hasta que un tercio de las familias catalanas desayunaron o merendaron con sus galletas no encontró el momento de jubilarse. Durante las vacaciones de verano se pasaba por la fábrica casi cada día. Volvía a casa feliz, cansado y con olor a vainilla.

Xavier y Silvia aborrecen las galletas familiares, seguramente desde antes de cumplir los quince años. Les recuerdo suspirando por un bocadillo de fuet en el desayuno. A mí me siguen gustando muchísimo. Las de avena y chocolate son mis preferidas. A papá le chiflaban las de canela y azúcar.

Siento los adoquines calientes bajo la fina suela de las sandalias y busco la protección de la sombra de los grandes aleros de pizarra de las casas. En invierno se cubrirán de nieve pero ahora parecen casi grises y agrietados bajo el sol del mediodía.

Doblo la penúltima esquina a la derecha antes de desembocar en la hermosa plaza del ayuntamiento con un anhelo inesperado. He echado de menos este olor a leña de las cocinas, este silencio canicular solo roto por el canto insoportable de los grillos. Me he estado mintiendo, haciéndome promesas de olvido que jamás seré capaz de cumplir.

Mis pasos se detienen desconcertados. No reconozco la puerta de hobbit de la pequeña casa de piedra incrustada entre la farmacia y la casa del señor Domingo. Una puerta de color verde botella, con forma de arco, de madera, con un tirador redondo, cerrada. A ambos lados, dos pequeños escaparates repletos de libros y material de escritorio. Doy un paso hacia atrás y leo asombrada el cartel de letras doradas: «La biblioteca voladora». No puede ser cierto.

En Serralles no tenemos biblioteca. Cerró hace muchos años, cuando se hizo evidente que la falta de colegios llevaba al éxodo de las familias con hijos a la ciudad. La alcaldesa, una señora extraña y pensativa que se llamaba Miranda y seguía en el cargo desde hacía tanto tiempo que ya nadie recordaba al anterior edil, habilitó una sala del ayuntamiento para dar cobijo a todos aquellos libros desahuciados. Para mi deleite, y el de Xavier, ambos éramos cazadores de tesoros literarios estivales, los habitantes de Serralles frecuentaban poco las nuevas estanterías y nos dejaban aquel paraíso polvoriento a nuestra entera disposición. Entre los dos habíamos leído casi todos los ejemplares amarillentos que cohabitaban sin jerarquías ni orden de ninguna clase: Verne junto a Galdós, Matute vecina de Hemingway, Coleridge codeándose con García Márquez y Asimov, Tolkien al lado de Austen.

Tampoco tuvimos nunca una librería en Serralles. La prensa y el material de escritura —cuadernos, lápices y bolígrafos, nada más sofisticado que eso— se compran en la tienda-para-todo-lo-que-no-sea-comestible de la señora Saugràs. Pero aquí estoy, delante de una puerta ovalada de color verde que contradice la ausencia de biblioteca y librería en el pueblo.

Me acerco a la puerta y empuño el tentador pomo metálico, que cede suavemente bajo mi mano. La puerta se abre sin crujidos ni chirridos y me encuentro en el umbral de un extraño País de las Maravillas impoluto. Todo brilla a mi alrededor: mesas, estantes, suelos y lámparas. Cierro la puerta verde para dejar fuera el calor y me adentro en la agradable penumbra. Si la vida se dignara a tener su puntito mágico, tras el mostrador debería haber aparecido un simpático Bilbo Bolsón de los libros; o un entrañable anciano de gafas redonditas depositario de toda la sabiduría del mundo; o una amable hada madrina de las letras, con un blanquísimo moño y carrillos sonrosados debido a su afición por los pasteles; o incluso un repelente, pero encantador, señor con pajarita.

Pero la vida no es mágica, ni siquiera justa, porque entonces no existiríamos los abogados y quizás yo me habría dedicado a continuar el dulce negocio familiar junto a mis numerosos primos.

Tras el mostrador de madera clara, pulido y abrillantado, aparece un adolescente paliducho y flaco. Asegurar que se trata de un adolescente es una exageración por mi parte, lo reconozco, señoría, pero si cuenta con más de catorce años, lo disimula muy bien. Además, tiene cara de ratón. Pero no de ratón simpático, sino de ratón huidizo, de esos que mordisquean tu queso y luego se largan sin ni siquiera ofrecerte su amistad incondicional.

—*Welcome to* La biblioteca voladora —me dice con un espantoso acento británico y una sonrisa que hace que quiera salir huyendo pese al horno en el que se han convertido las calles.

—Eh… Hola. No sabía que teníamos…, eh…, ¿librería?

El ratón adolescente me mira entrecerrando sus ojillos y, por fortuna, pierde esa sonrisa falsa.

—He abierto hace un mes —me confía sin abandonar su sospechoso acento, ¿será una pose?—. Es una librería, pero también tengo una pequeña sección de libros de intercambio, como una biblioteca.

Me señala una mesa junto al escaparate y parece que ninguno de los dos tiene mucho más que decir. Me gustaría curiosear las estanterías, pero me siento incómoda con el ratón mirándome con algo parecido a la esperanza y me arrepiento de haber hecho caso del impulso de entrar. No soy una persona de decisiones repentinas ni de corazonadas, medito cada nuevo paso y lo sopeso incluso varias veces, no me gustan las sorpresas ni los cambios. Ni las librerías que no están regentadas por un anciano venerable.

—El té está casi listo —me dice el ratón inesperadamente amable—, ¿me haría el honor de tomarse una taza conmigo?

Antes de que se me ocurra una excusa, el chico pálido se agacha debajo del mostrador y vuelve a aparecer con una bandeja sobre la que descansan en perfecto equilibrio una tetera, dos tazas con sus platillos, cucharillas, una jarrita de leche, azúcar y un cestito con bollos de canela.

—Con una nube y sin azúcar —me dice mientras prepara una de las tazas.

—¿Cómo lo ha…?

—¿… adivinado? —sonríe—. No tengo ni idea de por qué ha entrado en la librería, no me malinterprete, para mí es un placer tenerla aquí, pero solo hay una manera civilizada de tomar el té: negro, con una nube de leche y sin azúcar.

—Por supuesto —digo con un sarcasmo que cae en saco roto.

—Coja un bollo, están *delicious*.

Cojo uno de los bollos del cestito de mimbre y le doy un buen mordisco. Está de verdad *delicious* y el té es aromático, fuerte, Earl Grey, mi favorito.

—Verá, no creo que vaya a vender muchos libros en este pueblo —me confía el ratón.

—Ya se ha dado cuenta —contesto con la boca llena.

—No me importa. No tengo... apuros económicos, que dicen ustedes. Pero echo en falta la conversación.

—¿La conversación?

—Es que la gente de este pueblo no entra en mi tienda y así resulta muy complicado mantener buenas charlas.

Doy un sorbo del estupendo té y me dedico a zamparme concienzudamente otro bollo *delicious*. No tengo mucho que decirle a este librero flacucho pero hay que reconocerle que sabe lo que es la hora del té.

—Abrí el negocio para mantener buenas conversaciones.

—¿Sobre literatura?

—Principalmente.

—¿Y qué le hizo pensar que un pueblo de menos de quinientos habitantes, perdido en los Pirineos, sería un buen lugar para mantener buenas conversaciones literarias con los paisanos?

—Quería un sitio tranquilo.

—Pues lo ha encontrado.

El ratón se encoge de hombros, resignado, y da pequeños sorbitos de su taza. Quizás sea mérito del té y los bollos de canela, pero ya no me resulta tan desagradable como me ha parecido a primera vista. Es un chico joven, y su piel cetrina y su pelo color ratón no le hacen ningún favor, pero tiene una voz agradable

—si se obvia su acento— y cierto aire de misterio que siempre está bien visto entre libreros, bibliotecarios y enterradores.

Le agradezco esta breve y perfecta hora del té y él me invita a dar una vuelta por la librería mientras friega los cacharros en la trastienda. Apenas doy un par de pasos entre las estanterías y la mesa de novedades cuando sé que este sitio va a gustarme. No tiene ni un solo superventas. Casi todos los libros son de editoriales pequeñas, medianas o independientes, joyas desconocidas por el gran público, rarezas, preciosas excentricidades y ediciones *indies*. A veces tropiezo con algún clásico, editado recientemente y con una nueva traducción o ilustrado. Los pocos ejemplares de editoriales grandes son títulos muy elegidos, con ese puntito de excentricidad que tanto me gusta cuando leo ficción.

Me reconcilio con el propietario de La biblioteca voladora y se me queda una sonrisa soñadora en los labios. Pierdo la noción del tiempo entre las estanterías de madera, tan libres de polvo que podrían pasar por las de un museo neoyorquino.

Cuando el chico pálido vuelve a aparecer tras el mostrador, le muestro feliz un raro ejemplar de *Alicia en el País de las Maravillas* ilustrado. Los ojos se le llenan de luz, su rostro cobra color por primera vez desde que he entrado y se explaya en una larguísima, pero fascinante, explicación sobre el libro. No me habla de Lewis Carroll ni de Alicia —entiende que quien sostiene entre las manos semejante tesoro literario es porque ya lo ha leído—, sino que me explica los motivos que llevaron al desconocido editor a embarcarse en la aventura de este libro en particular.

Cuando termina de envolverme mi *Alicia* ilustrada, con meticulosidad, entre pliegues de papel de seda color aguamarina, le brilla la frente con diminutas gotas de sudor y parece contento hasta la extenuación.

—Tenga —me dice sonriendo, esta vez de veras—, es un regalo.

—No, por favor.

—Por supuesto que sí. Es un regalo, por ser la primera clienta de La biblioteca voladora.

Asiento feliz y le devuelvo la sonrisa. Creo que es la primera vez que sonrío desde que salí de La Cacerola esta misma mañana y llegué a casa para descubrir que mi madre la había convertido en una escuela de pan para pijos urbanitas y que mi hermana seguía siendo tan perspicaz como la recordaba a la hora de adivinar mis pensamientos más secretos. Parece que haya pasado una semana.

Nos despedimos y me acompaña hasta la puerta. Ya en la calle, con mi tesoro en la mano, me doy la vuelta hacia el excéntrico librero.

—Mi hermano, Xavier Brunet, llegará esta noche. Prometo traerle a La biblioteca voladora en cuanto consiga sacarle de casa.

—¿Xavier Brunet? ¿El escritor? —dice asombrado.

—El mismo.

—Oh, gracias. —Suspira complacido—. De verdad que se lo agradeceré si pasan a visitarme.

Es probable que no tenga ni una sola de las novelas de mi hermano a la venta, pero es lo suficientemente educado, o está tan falto de compañía, como para pasarlo por alto. Xavier publica con una de las grandes editoriales del país, ha ganado varios premios de la crítica y del público, y nunca vende menos de un millón de ejemplares por título. Sus novelas son buenas pero no pueden considerarse especiales, pese a que mi hermano sea un escritor extraordinario.

Feliz con mi encuentro inesperado, vuelvo sobre mis pasos y dejo atrás, olvidada, la hermosa luz de la tarde que a estas horas debe tamizar mi añorada plaza del ayuntamiento. Habrá tiempo para volver. Quizás mañana.

# Solos los tres

Alguien ha recogido las pesadas cortinas, y un cielo rosa y naranja, salpicado de nubes violetas, tiñe con su luz de cuento el salón. Silvia está estirada en el sofá, con un libro sobre la cría de percebes o algo parecido. Para ella, leer no es un placer, sino una herramienta necesaria de sus prácticas científicas. Por eso no pienso hablarle de La biblioteca voladora.

Paseo los dedos sobre los muebles viejísimos y me detengo curiosa en la vitrina. Antes había un montón de fotografías enmarcadas de todos nosotros en diferentes momentos de crecimiento. Ahora hay libros de cocina.

—¿Qué ha pasado con las fotos?

—Mamá redecoró la vitrina —me contesta Silvia desde detrás de su libro.

—¿Solo la vitrina?

—Qué más te da.

—Nada, me preocupa esta obsesión culinaria.

—No es cierto, no te preocupa —me ataca bajando por fin su estúpido libro sobre percebes y mirándome con las mejillas encendidas—, solo estás molesta porque no soportas los cambios. Mamá tiene derecho a montar un taller en su casa si le da la gana.

—Pero no me había dicho nada. Y luego me pedirá ayuda con los temas fiscales.

—Como si tú fueses a ayudarla.

Muevo la cabeza, incrédula. Han pasado un montón de años y todavía sigue echándome en cara lo mismo.

—¿Todavía estás con eso?

—¿Con qué? —disimula la malvada ecologista volviéndose a esconder tras su libro de percebes.

—Ya sabes con qué. —Suspiro y me siento en el sofá, justo a su lado—. Grego era insalvable, Silvia. Y tú lo sabes. Si juegas a hundir la flota con una plataforma petrolífera y destruyes varios de sus barcos, es una consecuencia muy plausible y justa que un juez te meta en la cárcel.

—¿Justa? ¡No te atrevas a hablar de justicia!

—Demasiado tarde, teniendo en cuenta a qué me dedico.

—¡A defender los derechos de las petroleras! Los mismos que están acabando con el planeta. A ver cómo sigues yendo al juzgado a meter a buenas personas en la cárcel cuando el aire que respiras esté tan sucio que... —Silvia se da cuenta de mi mirada burlona y hace un esfuerzo por controlar su ira.

—¿Todavía sigues viéndolo?

—No, no tanto como antes. Pero sigo en Greenpeace, por si te lo habías preguntado.

—No, no tenía dudas al respecto.

El silencio cae pesado en el salón teñido de rosa. Me levanto, reviso la colección de discos de mamá y pongo uno en el viejo tocadiscos. Una animada tonada de jazz sorprende a Silvia.

—Lo siento —le digo.

La noto horrorizada, convencida —esta vez sí— de que he perdido definitivamente la cordura.

—Siento no haberte podido ayudar con Grego.

Abre la boca pero ninguna palabra sale de ella. Dejar muda a mi hermana pequeña no es algo que suceda todos los días.

Grego era uno de los muchos novios activistas que había tenido Silvia. Cuando estaban saliendo, al chico se le fue la mano con sus acciones de protesta justo contra uno de los *lobbies* más poderosos del momento: una conocida petrolera. Lo pillaron in fraganti hundiendo algunas de las pequeñas motoras —llamarlas barcos había sido una exageración por mi parte— que la compañía tenía en una de las plataformas marítimas que más contaminaban y lo condenaron a dos años de cárcel. Silvia fue lo suficientemente inteligente como para tragarse el orgullo y pedirme ayuda.

El juez que llevaba el caso de la petrolera contra Grego era un viejo conocido mío; no ejercíamos en la misma ciudad pero habíamos coincidido en algunos comités de consulta en los últimos años. Lo llamé, quedé con él para comer y lo tanteé sobre el caso de Grego. Antes de que llegase a terminar de enumerarme los cargos de los que se le acusaba, yo ya sabía que poco se podía hacer por el apasionado activista de Silvia. Y aun así —aun así—, conseguí que mi colega rebajara la pena en un par de años después de hacerle llegar cinco informes con atenuantes que tardé meses en elaborar y me costaron muchos favores.

Silvia nunca me perdonó que Grego fuese a la cárcel mientras un montón de políticos y empresarios corruptos seguían con sus opulentas vidas fuera de ella. Ni siquiera sé si creyó que hubiera intentado interceder por su novio más allá de la medida de mis posibilidades.

En ese punto muerto de nuestra conversación, oímos ruidos y portazos. Mamá grita entusiasmada y al poco tiempo Xavier entra en el salón con aire teatral, imitando estupendamente la perorata de un cura de película:

—Henos aquí reunidos, una vez más...

Silvia se levanta del sofá y le da un abrazo y dos besos.

—¿Dónde están los niños?

—Los ha secuestrado mamá.

—Voy a rescatarlos.

—Ten cuidado, creo que acabo de tropezar con Eduardo Mendoza y no parecía de buen humor.

—Habrá vuelto a perderse.

Nos quedamos solos, Xavier y yo, en medio de las notas de jazz y de la luz rosa del crepúsculo. Dos farsantes en medio de una comedia interrumpida. Se caen las máscaras y lo que veo en su rostro me conmueve. Está demacrado y dos surcos violáceos le subrayan el azul de sus ojos cansados. Alto, moreno, huesudo, guapo, Xavier me hace un reverencia y se acerca para abrazarme. Sus brazos me rodean con delicadeza y miedo. Nos duele, este abrazo, por todo lo que calla.

—¿Cómo estás? —dice después de besarme una sola vez, en una sola mejilla.

—¿Cómo estás tú? —contraataco.

—Aquí estamos —sonríe con una profunda tristeza—. Solos los dos. Completamente solos. Una vez más.


La cena es extraña, con todas esas caras tan conocidas y a la vez tan ajenas a mí. Mamá y Silvia parecen felices, casi relajadas, hablando sin parar con los niños, moviendo la comida de un lugar para otro de la mesa; las enormes rebanadas de pan tostado en las brasas de la chimenea de la cocina, los tomates de rama rojísimos, como los labios de mi hermana, el embutido fragante, invitador, pecaminoso.

De vez en cuando, mamá acaricia la mano nervuda de Xavier, sentado a su izquierda. Parece un toque casual, una caricia accidental, pero sé que no lo es. Mi hermano me mira burlón desde la silla de enfrente y finge despreocupación delante de sus hijos, Anna y Miquel. Anna tiene doce años, es alta, seria, habla poco y sonríe menos. Su carita en forma de corazón es herencia de su madre, Lucía, y todavía no ha dejado atrás del todo las mejillas regordetas de la infancia. Sus ojos azules son como los de mi hermano, como los míos, como los de mi padre, pero el resto de ella es un indiscutible portador de los genes invencibles de mamá. Su pelo larguísimo, ligeramente ondulado, de mechones gruesos, le cae por la espalda. Me parece una criatura aterradora, una ondina mitológica capaz de maldecirme a golpe de silencio y duras miradas.

Miquel, a sus seis años, es un niño en las acepciones más inocentes y felices del término. Cuando sonríe se le marcan dos hoyuelos a ambos lados de los labios. Me recuerda a Xavier cuando tenía su edad —en las fotografías desaparecidas de la vitrina— y era libre como un pájaro para subirse a las ramas más altas de las oliveras que siguen en el tramo final del camino de esta casa.

Me desconciertan los niños, quizás porque son peligrosamente impredecibles. En Barcelona, en mi rutina diaria, no tengo que tratar con ninguno. Y a estos dos, mis sobrinos, hace meses que no los veo. Pero aunque los hubiese visto cada día de su corta existencia, estoy segura de que en esta cena seguiría sin saber qué demonios decirles sin parecer tonta de remate. O impertinente.

Xavier me lee el pensamiento, se ríe y me guiña un ojo. Se sirve otra copa de vino tinto y la alza hacia mí.

—Por la silenciosa novia. —Me toma el pelo.

Mamá y Silvia se lo toman en serio y levantan también sus copas para brindar. Los niños las siguen con sus vasos de limonada casera y los labios manchados de aceite de oliva.

—Por que hayamos vuelto todos a casa —les contesto ofreciendo mi copa al gesto común de los buenos deseos.

Xavier espera hasta que los demás se enfrascan de nuevo en su alegre conversación y se inclina un poquito hacia mí para hablarme en voz baja:

—¿Y dónde está el silencioso novio?

Me gusta su voz ronca y profunda, de poeta atormentado y trasnochador. Escucharla me recuerda otros tiempos. Mejores.

—Vendrá dentro de dos semanas.

—¿Y eso te llena de esperanza?

Se me escapa una carcajada pequeñita.

—No, me llena de tranquilidad. Todo está en orden.

—Por supuesto, hermanita. —Levanta de nuevo su copa y da un largo sorbo.

—¿Cómo va tu libro?

—Bien. De camino hacia aquí me ha llamado mi editor para decirme que en una semana iremos a por la quinta edición. Esta vez, de sesenta mil ejemplares, a ver qué pasa.

—Empiezas a ser toda una celebridad.

—Empiezo a ser un perdedor. Con todas las letras. No sé si te has dado cuenta, pero mi mujer me ha dejado, mi hija adolescente demuestra más sabiduría que yo, mi hijo quiere estar con su madre y esta es la tercera copa de vino que me tomo en menos de una hora.

—Ah, el trágico precio de la fama. A mí me han despedido de MAC.

He elegido mal momento para confesarlo porque

justo en este instante, mamá, Silvia y los niños se han quedado en silencio y mi patética frase suena con claridad en toda la mesa.

—¿Cómo? —se sorprende mamá.

—¿Y qué podías esperar de esos...?

—Silvia —le advierte mamá señalando a los niños con un leve movimiento de cabeza.

—... esos corruptos defensores de los asesinos del planeta.

—¿Por qué no nos has dicho nada? —se queja mi madre.

—Os lo estoy diciendo.

Mi hermano me coge de la mano por debajo de la mesa y me da un apretón de consuelo.

—Ya, claro, ¿y qué podías esperar? —insiste Silvia—. Dime, ¿y te lo dijeron cinco minutos más tarde de que les comunicaras que te cogías vacaciones para casarte o veinticuatro horas después? O no, mejor todavía, te preguntaron si querías tener hijos pronto, ¿me equivoco?

—Silvia —la frena mamá.

—¿Qué? Es la verdad, como si no lo supierais. Helena lleva un montón de años dejándose la piel para ellos, ganando casos difíciles, pasando noches y fines de semana sin salir de la oficina. Y ahora, porque dice que se casa, que va a formar una familia, la echan. ¡Oh, sí! Muy agradecidos los esbirros de la muerte.

Me conmueve que Silvia saque a relucir su belicosidad pero esta vez de mi lado. No sabía que fuera consciente del enorme esfuerzo y de las ilusiones profesionales que había invertido en MAC.

Una vez, cuando Silvia estaba cursando su último año en la facultad de Biología, pasó unos días en casa conmigo y con Jofre. Por aquel entonces ella todavía vivía con mis padres en un pequeño piso muy cómodo del barrio de Gracia. Unos amigos de papá iban a quedarse algunos días en la ciudad y se alojarían con ellos, y Silvia, siempre generosa, para dejarles más espacio, me preguntó si podía venirse a nuestro ático en María Cristina.

—Claro —le dije sorprendida porque no hubiese preferido quedarse con Xavier—, los días que quieras. Tenemos una habitación muy tranquila.

Desde pequeñas, y pese a haber compartido habitación en el hogar paterno durante muchos años, no hemos sido íntimas amigas. Nos llevábamos bien y casi nunca nos peleábamos pero para las dos el verdadero confidente siempre había sido nuestro hermano Xavier. Quizás porque era el mayor de los tres, quizás porque era el único chico, quizás porque era excéntrico, divertido, cariñoso, tremendamente empático y felizmente contagioso, nuestro hermano siempre acababa siendo depositario de nuestras más oscuras confidencias.

—No creo que os aguante más de dos días —me dijo Silvia cuando le ofrecí nuestra habitación de invitados.

La creí sin reservas. Pero las dos nos llevamos una sorpresa.

Jofre estaba atravesando por una de esas fases difíciles a las que se enfrentan todos los jueces novatos. Lo habían destinado a Tarragona y solo venía a casa para dormir, ducharse y darme un rápido beso mientras leía las noticias en su iPad y sorbía ruidosamente el café. Silvia iba a la facultad por las mañanas y se quedaba a comer allí. Luego pasaba un tiempo en la biblioteca, estudiando con los amigos, pero a media tarde volvía a casa, se quedaba en calcetines y ropa cómoda y se echaba en el sofá a escuchar música. Yo me descubrí saliendo antes de lo habitual de la oficina para llegar a casa sobre las siete y encontrarme con ella. Me deshacía de mi traje, de mis tacones y mis moños seriosísimos de abogada intransigente, me ponía *leggins* y sudadera, e imitaba la simpática simplicidad de los pies descalzos de mi hermana.

—¿Tus calcetines siempre son negros? —me decía en cuanto me hacía un ovillo junto a ella en el sofá.

—¿Acaso existe otro color? Soy abogada.

Nos turnábamos para descubrirnos melodías la una a la otra. A ella le gustaban U2, Los Ramones y Metallica. A mí Chaikovski, Chopin y Bach. Ella solía alucinar con algunas de las canciones de Rammstein, Evanescence y los Rolling Stones. Yo me quedaba extasiada con las bandas sonoras de Max Steiner, Ennio Morricone o Howard Shore. Silvia me hacía escuchar Bruce Springsteen, Hendrix y canciones protesta atemporales. Yo le descubría los más apasionados y trágicos acordes de *La Traviata* de Verdi o del *Turandot* de Puccini. Con respeto, con ilusión, en aquellos días aprendimos a escuchar el lenguaje en el que hablaban nuestras respectivas conciencias. Y nos sorprendió que no fuera tal el abismo que distaba entre las dos cuando éramos capaces de emocionarnos con la misma música.

—¿Te gustan las películas de Ernst Lubistch?

—No he visto ninguna —me respondía sin complejos la muy malvada.

—Tengo unas cuantas. Pongo una pizza en el horno y vemos *Ser o no ser*.

—Trato hecho. Pero mañana te pongo yo Woody Allen.

—Siempre que pasado veamos *Casablanca*.

—¡*Casablanca* quiero verla hoy mismo! —se quejaba.

—Entonces, antes de Lubistch.

Solo una noche, después de haber acabado con todas mis reservas de pizza congelada y de cerveza fresca, rompió la tregua que habíamos firmado y se adentró en las peligrosas arenas movedizas que nos separaban.

—¿Por qué sigues trabajando en MAC? —me preguntó confiando en abrir brecha mientras yo tenía las defensas despistadas.

Respiré hondo, me agarré a mi botellín, recogí las piernas bajo mi cuerpo en el sofá y la miré de frente. Con el entrecejo fruncido y los labios apretados, mi hermana pequeña parecía diminuta y vulnerable en la penumbra que creaba el televisor.

—Una de las cosas que más me gusta de ti —le dije a media voz— es que has aprendido que la paleta de grises es casi infinita. Que ya nada es blanco o negro sobre la faz de la Tierra.

Silvia suspiró, cansada para ponerse a hablar con metáforas a esas horas de la madrugada, y echó mano de hemeroteca.

—La semana pasada Gorka Muntaner te puso al frente de la división alimentaria.

—¿Cómo lo sabes?

—Salió en la prensa. Papá me comentó que era un premio de consolación. Antes te habían ofrecido las petroleras y tú las habías rechazado.

No supe qué decir. Había dado por sentado, mucho tiempo antes, que Silvia y yo seguíamos caminos tan separados —muchas veces antagónicos— que poco podía importarle mi carrera profesional entre los hombres sin ley.

—La cuenta de las petroleras es de muchas cifras. Por no hablar del prestigio y la proyección profesional que te habría supuesto. —Silvia seguía reacia a soltar su presa—. Y he visto tus extractos del banco.

—Eso atenta contra mi privacidad —me quejé.

—No, si los dejas tirados encima de la mesa al alcance de cualquier estudiante de último año de Biología.

—Humm.

—Haces donaciones a una ONG ecologista y a otra que trabaja contra la pobreza infantil.

—¿Y qué?

—Pues que todavía tienes algo de conciencia.

—Las donaciones desgravan —insistí en mi papel de madrastra de Blancanieves.

—Mentira, no lo haces por eso. Sabes que estás en el bando equivocado.

—Pero estoy en el bando que siempre acaba saliéndose con la suya.

—Sí, eso sí —me concedió para mi sorpresa—. En detrimento de nuestra salud y de la herencia que recibirán nuestros hijos.

Dejé la cerveza sobre la mesita y me acerqué a mi hermana. Sus ojos, tranquilos y oscuros como un lago entre las montañas, me parecieron más familiares que nunca.

—Otra de las cosas que más me gusta de ti —le confesé con una sonrisa— es que seguirás hasta el final entre las filas de aquellos que todavía rigen sus vidas por propósitos honorables y generosos.

—Aunque pierdan —se quejó ella.

—Aunque pierdan —confirmé.

—Los caídos con honor te saludan. —Sonrió con una ironía cansada que me conmovió.

Se marchó al cabo de cinco días, durante los cuales no habló con Jofre ni una sola vez, ni intentó evangelizarme con sus principios de Greenpeace ni practicó exorcismos para acabar con los demonios que según ella poblaban los pasillos de MAC, esos defensores de las grandes petroleras. Me llamó por teléfono al trabajo para avisarme de que se iba.

—Me lo he pasado bien —me dijo.

—Yo también.

—Pensaba que sería más aburrido.

—¿Como vivir con un abogado?

—No, como vivir sola, ya sabes. Pensaba que pasarías mucho más tiempo en la oficina.

—Quería estar con mi hermana pequeña —le confesé medio en serio.

—Pues gracias.

Cuando llegué a casa esa noche, me entristeció no encontrarla en el sofá. Sobre mi cama, envuelto en un bonito papel de regalo color cereza, había un paquete y una nota: «Para que aprendas a caminar por senderos distintos (que no tienen por qué ser peores)». Al abrirlo me encontré con cuatro pares de calcetines de colores.

—Me despidieron ayer, por teléfono. Gorka Muntaner en persona.

—Qué amabilidad por su parte —ironiza Xavier.

—Lo siento, hija.

—No pasa nada, mamá —le digo sonriendo con valentía—. Me ha sorprendido, pero quizás ya iba siendo hora de un cambio.

Silvia no lo sabe, y no se lo diría por nada del mundo, pero desde aquel día en el que se marchó de casa dejándome un paquete de color cereza sobre la cama, no he vuelto a llevar jamás calcetines negros. Ahora los tengo de todos los colores, con rayas, con topos, incluso con búhos y gatitos estampados. Mis preferidos son unos blancos, de rayas rosa pastel, con pequeñas mariposas moradas, doradas y verdes bordadas por todas partes.

# En el jardín de los jazmines

*D*espués de cenar, mamá besa a sus nietos ruidosamente y se despide hasta mañana. Ha quedado a tomar un café con sus amigas en La Cacerola.

—¿Cómo está el aquelarre? —le toma el pelo Xavier.

—En plena forma —le apunto a mi hermano—. Ellas son las culpables de que mamá haya montado la escuela de cocina para pijos.

—Las cosas no son así, Helena —me regaña mamá.

—Para turistas pijos, perdón —rectifico.

Mamá pasa de nosotros y se va. Se ha pintado los labios y lleva un bolso nuevo. Me gusta que no haya variado sus rutinas, que sus amigas sigan siendo las mismas: Mariona, una diminuta horticultora de cara sonriente; Pepa, la parlanchina y oronda dueña de la única tienda de ultramarinos del pueblo; y Montse, la seria administrativa del ayuntamiento. Las cuatro llevan conspirando en Serralles desde que el mundo es mundo, y creo que no me equivoco demasiado si parte de las ideas de ampliación de la masía de mis padres y la creación de la escuela han venido de esas otras tres cabecitas locas que acompañan a la de mi madre. A las cuatro les ha crecido, de repente, vocación de profesoras.

—¿Te imaginas a Mariona explicando cómo se saltea el brócoli? —me adivina el pensamiento Silvia.

—Me la imagino si se encarama a una tarima alta y utiliza micrófono —apunta Xavier.

—Estáis locos, los dos. Mariona jamás le haría eso a un brócoli —les riño.

—Pero sí que me imagino a Montse zampándose todo lo que cocinen los alumnos —dice mi hermano.

Silvia hace un gesto de repugnancia y se lleva a los niños al salón. Discuten sobre a qué van a jugar esta noche y si pueden encender un ratito la chimenea. Mi hermano y yo recogemos la mesa hablando sobre el tiempo que hacía que no coincidíamos y algunos recuerdos de cuando éramos pequeños y hacíamos exactamente eso, recoger la mesa después de cenar. Le dejo fregando los platos, subo a mi habitación a por una chaqueta y un pañuelo y me escapo al jardín.

La temperatura ha bajado considerablemente, como suele suceder en Serralles incluso en pleno mes de agosto. La oscuridad ha echado un manto impenetrable sobre las montañas cercanas pero los Pirineos no se han movido de su sitio, embajadores del frío que hemos olvidado durante el día. Las glicinas perfuman el jardín con delicadeza, inmóviles, sin viento que las haga bailar, guardan los secretos de la casa y sonríen. Me sorprende un intenso olor a jazmín procedente de los arriates blancos que mamá ha incorporado hace poco. Hubiese preferido no tener que hacerles frente, esos jazmines arrastran suaves velos de romanticismo y promesas capaces de ablandarte el pensamiento en un descuido ¿Qué hace un jazmín a pies de los Pirineos? Les auguro una muerte temprana. Pero eso no hace más que aumentar la morbosa sensación romántica de su trágico destino.

Silvia ha entrelazado delicadas ristras de lucecitas blancas de Navidad por entre las ramas de las glicinas, alrededor del jardín. Encendidas, de noche, dotan de un halo de ensueño a mi refugio veraniego.

Más allá, el cielo se muestra confiado, cuajado de estrellas. Tengo que preguntarle a Silvia si todavía podré ver alguna lluvia de estrellas estival.

Me abrocho la chaqueta, me coloco el pañuelo de seda azul alrededor del cuello y me siento sobre los mullidos cojines del sofá de mimbre de papá. Le echo tanto de menos que me duele, justo aquí, sobre la boca del estómago.

—¿Fue este el rostro que lanzó mil naves y quemó las altas torres de Ilium? Ah, dulce Helena, hazme inmortal con un beso.

Xavier, que tiene la excéntrica costumbre de declamarme los versos troyanos de Marlowe siempre que se tercia, trae en una mano una botella de whisky y dos copas en la otra. Se ha puesto una feísima chaqueta de pana con coderas, restos de la época en la que se creía Dan Brown, y en cuanto termina con su arenga poética deja su cargamento sobre la mesita baja que hay frente al otro sillón de mimbre. Me ofrece la bebida con un gesto, niego con la cabeza y se sirve para él una medida generosa. Se sienta frente a mí y me sonríe con esa mueca triste y cansada que sigue siendo nueva entre las comisuras, algo amargas ahora, de sus labios. Estira sus largas piernas y respira los malditos aromas del jazmín.

—¿De verdad estás bien? —me pregunta.

—¿Por la quema de las altas torres de Ilium?

—Por todo, en general. Troya, Menelao, el despido de MAC...

—Echo tanto de menos a papá...

En cuanto lo digo, por fin, en voz alta, me doy cuenta de que llevo un rato llorando. Lágrimas silenciosas me resbalan por las mejillas. Abundantes, cálidas, gruesas gotas como un bálsamo que no cura pero alivia los dolores. Con ellas se va mi rabia de esta mañana, mi enfado con el mundo, mi estúpida terquedad con las novedades de mi madre y con mi hermana.

—Oh —digo enjugándolas con las dos manos—, es por culpa de los jazmines. ¿Qué alma malvada puede plantar jazmines tan cerca de casa?

Xavier sonríe. Sabe que son buenas lágrimas.

—Fueron las peores Navidades —me confiesa.

—Siento no haber venido.

—No es verdad, no lo sientes. Hiciste bien, qué más daba ser uno más o uno menos llorando la ausencia de papá y la valentía heroica de nuestra madre. Además de aguantar a dos niños asustados que acababan de saber que sus padres se divorciaban y a un hermano camino del alcoholismo más patético.

—Debería haber venido y llorar con vosotros.

—Te aseguro, Helena, que en esta familia la única que llora en público eres tú. El resto solemos hacerlo encerrados en nuestras habitaciones.

—Qué curioso. —Intento escapar del rumbo sombrío de nuestras palabras—. Siempre me he tenido por la menos emocional de los tres. Tú, el escritor de alma sangrante; Silvia, la valquiria ecologista de las grandes pasiones.

—Helena, la chica que juega a disfrazarse de reina de las nieves —me interrumpe—. ¿Por qué vas a casarte con el Juez Dredd?

Xavier me pilla con la guardia baja y se me escapa una carcajada.

—¿El Juez Dredd?

—Así le llaman Silvia y mamá.

—No tenía ni idea.

—Silvia dice que no va a haber boda, que ni siquiera has traído vestido de novia.

—Me pregunto por qué mi hermana no habla conmigo de estas cosas y sí con los demás.

—Creo que tiene miedo de que te pongas cabezona si te dice lo que piensa.

—Sé lo que piensa. No le gusta Jofre.

Xavier vacía su copa y la vuelve a llenar. Sus movimientos son algo torpes, aletargados. Entonces, no exagera cuando se reconoce víctima de su propia trampa.

—¿Y tú? —le pregunto consciente de que nunca me ha dicho nada sobre mi prometido—. ¿A ti te gusta?

—Por supuesto, cariño. Me casaría con él, pero tú se lo pediste antes. Arrastraré con dignidad los restos de mi destrozado corazón hasta el altar de vuestra felicidad y brindaré por vosotros con una sonrisa.

Una bocanada de viento, perezosa y nocturna, se cuela entre las glicinas. El aroma de jazmín se intensifica y desde la casa nos llegan las risas ahogadas de los niños.

—Mira, Helena, a quien tiene que gustarle el Juez Dredd es a ti.

—Me gusta.

—Pues asunto zanjado.

—Es verdad —le confieso—. Lo que te ha dicho Silvia. No tengo vestido de novia.

Mi hermano me mira risueño y hace el gesto de quitarse un sombrero imaginario.

—Lo peor de todo es que mamá ni siquiera me ha preguntado.

—Está muy liada con todo eso de la escuela de cocina. Y sé que está planeando hacer aquí el banquete de boda, en el jardín.

Muevo la cabeza apesadumbrada. Siento una olea-da de rabia contra sus jazmines, contra el arriate inso-portablemente blanco y contra todas las personas del mundo que una vez decidieron casarse en el pueblo de sus padres.

—Oye, Helena, habla con ella. Tengo la sensación de que nunca le dices a nadie lo que de verdad deberías decirles.

—Mañana —le concedo—. Pero basta de bodas. Cuén-tame qué tal tu divorcio.

Xavier se ríe y las glicinas parecen regocijarse con él. Es su risa de siempre, ese eco antiguo y feliz de mis mejores recuerdos. La risa de mi hermano resucita las ascuas de la chimenea y pone del revés las intenciones de las chicas guapas.

—No hay mucho que decir. Sigo enamorado de Lucía.

—¿Y Lucía lo sabe?

—Claro que lo sabe, pero está harta de tanta palabra y tan poca compañía. Se ha cansado de tanta ausencia y de tanto silencio, de tantas noches en blanco y de tanto ego de escritor llenando cada rincón de la casa. Lucía está hastiada de criar a nuestros hijos ella sola y de salir a pasear con el perro. Me dijo que cuando se está ena-morado de alguien lo normal es compartir la vida con ese alguien. Y yo no soy normal.

—Gracias a los dioses. No soportaría estar aquí con-tigo, bajo este cielo estrellado, en este mar de jazmines traidores, sin un vestido de novia a tres semanas de mi boda si fueses completamente normal.

Un silencio amable nos envuelve los pies y juguetea con nuestros pensamientos. Me llevo la mano a la pinza que me sujeta el cabello desde esta mañana y lo dejo libre. Mis mechones rubios, inusualmente largos y más claros en verano, me caen sobre la espalda. Se está bien aquí, por vez primera desde que he llegado, en este jardín de sombras y recuerdos felices.

—Mañana por la tarde voy a llevarte a merendar bollos *delicious* —le prometo a mi hermano.

# Flores y vikingos

$\mathcal{M}$e despierto en la cama de mi infancia y mi adolescencia. Cuando bajo a desayunar, el reloj de la cocina me da las once razones que necesito para comprender por qué ya no hay nadie sentado a la mesa.

Mamá tiene clases hoy durante todo el día. Anoche nos dijo que no contásemos con ella hasta después de las siete. No hay rastro de mis hermanos ni de mis sobrinos. La casa reposa en silencio, excepto por el ocasional eco de la voz de la recepcionista cada vez que contesta al teléfono, o cuando algún alumno entra por la puerta principal.

Me preparo una taza de té y una tostada de pan de payés con mantequilla y mermelada de naranja, y me lo llevo todo al jardín. El sol me hace entrecerrar los ojos. Ayer no hablé con Jofre y me he dejado el móvil en la habitación, enterrado en el cajón de la cómoda entre mis calcetines de colores.

Decido reemprender mi expedición a la plaza del ayuntamiento. Me apetece practicar la tradición del aperitivo bajo sus soportales de madera. Sentarme allí y ver pasar a los vecinos de Serralles, viejos conocidos que apenas cambian con los años y que sin embargo jamás siguen siendo como yo los recuerdo.

Salgo por la puerta trasera, reacia a cruzarme con los pasos errabundos de Eduardo Mendoza, y repito el camino de ayer.

La puerta verde de La biblioteca voladora está cerrada. Por ninguna parte aparece un cartel con sus horarios y sospecho que el ratón tiene costumbres desordenadas respecto a los mismos.

Cuando doblo la última esquina, la de la farmacia del señor Borrás, disfruto de la mejor vista de Serralles: su plaza atemporal, su ágora única y rotunda.

Bajo la intensa luz del mediodía, su pavimento de piedras pulidas parece un lago de pizarra gris salpicado de flores diminutas. Son rojas, blancas, amarillas, azules... y obsequian a los viandantes un aliento de frescor irreal a estas alturas del calendario. En el ombligo de la plaza, una fuente de piedra blanca caliza deja resonar su alegre borboteo.

Me llama la atención una pequeña floristería frente al ayuntamiento. No la recuerdo de la última vez que estuve aquí. «Symbelmine», leo en su *discreto* rótulo de neón rosa decorado con flores doradas en la parte superior del escaparate. Se me ocurre la idea de llevarle un ramo a mi madre para ponerlo como centro de mesa esta noche en la cena. Incluso estaría bien sorprender al señor Eduardo Mendoza con una pequeña flor para su ojal de explorador despistado.

Entro en la tiendecita atestada de tiestos, parterres, cubos, regaderas, sacos de tierra, semillas, vitaminas y manojos de flores diversas. El dependiente, un enorme vikingo con una envidiable melena rubia y unas manos y bíceps gigantescos —cuyos compañeros de incursiones costeras tendrían algo que decir sobre la ternura rosa del cartel, por no hablar de la elección de su negocio—, está atendiendo a una anciana. Creo que se trata de la señora Trias, la viuda del carpintero, pero no estoy segura.

—¿Y cuánto valen esas pequeñas flores blancas? —pregunta la viejecita con su voz de pajarillo.

—Son malvaviscos blancos modificados. Muy bonitos —la anima el vikingo con amabilidad y una voz profunda—. Le quedarán perfectos sobre la repisa de la ventana y además le durarán casi tres semanas si les cambia el agua cada cuatro días. Le dejo este ramo por tres euros.

La anciana asiente contenta y no tarda en salir de la tienda con sus hermosas florecillas arropadas en un bonito papel de lunares multicolores. Al pasar, me saluda sonriente por mi nombre y me da recuerdos para mi madre. Puede que sí sea la señora Trias, quién sabe.

El vikingo me mira de arriba abajo y entrecierra sus ojillos azules con un gesto algo crítico que no acabo de comprender. Esa mañana me he puesto una falda larga de algodón blanco y una camiseta rosa de manga corta y escote barco con una cenefa más clara en la parte delantera. Llevo el pelo suelto y sandalias brillantes. Pero de alguna manera me las he arreglado para ofender gravemente al acólito de Thor.

—¿Qué se le ofrece? —me dice enfadado.

Miro alrededor algo cohibida. No tenía ningún plan urdido de antemano para abordar la tienda y llevarme el botín. Todo aquí dentro es hermoso, fresco, alegre. Pero no sé qué quiero llevarme. Me decanto por la opción más fácil: las flores que ha comprado la presunta señora Trias son sencillas y bonitas, quedarán muy bien en la mesa de la cocina.

—Pues… un ramo grande de estas flores, las mismas que se ha llevado la señora…, por favor.

El vikingo asiente muy serio, como si hubiese esperado una afrenta imperdonable y me hubiese echado atrás en el último momento. Relaja sus enormes hombros —parece que de momento no tendrá que desenvainar la espada que seguro esconde bajo el mostrador— y va en busca de los malvaviscos.

—¿Un ramo o dos? —me pregunta enseñándome el tamaño de los manojos.

—Dos, gracias. Pero si me los puedes envolver juntos, mejor.

Asiente con gravedad y me los prepara en el mismo papel a topos multicolores.

—Son veinte euros —me dice.

Llevo la mano al bolsillo de la falda pero me detengo extrañada.

—A la señora que acaba de salir le ha cobrado tres euros por un ramo.

—Usted lleva muchas más flores. Son veinte euros.

—Llevo dos ramos, son seis euros.

—Para usted son veinte —repite sin alterar ni un ápice su expresión beligerante de guerrero escandinavo a punto de bajarse de su *drakkar* para invadir Britania.

Constato que ninguna de las flores, plantas, arbustos o macetas de la tienda están etiquetadas. Tampoco hay lista de precios a disposición de los clientes.

—Su comercio, señor...

Pero el vikingo no va a darme su nombre. Tiene los labios fuertemente apretados y las flores sobresaliendo indefensas entre sus enormes manazas.

—... eh, lo que sea. Su comercio vulnera la ley y el derecho de los consumidores, además de varios códigos comerciales. Los precios de sus productos deben estar visibles o, en su defecto, facilitar a los clientes una tabla de precios de fácil acceso. Cobrar por el mismo producto importes distintos es una vulneración de los derechos del cliente y del código...

A medida que improviso mi perorata legal, mi voz suena más firme y segura. ¡Ajá!, imperturbable guerrero rubio, has topado con algo que no esperabas.

—Verá, señora —dice escupiendo el «señora» como si encontrase tremendamente dudoso que yo merezca semejante trato de cortesía—, esta es mi tienda y los precios los pongo yo. Estas flores cuestan veinte euros.

—¡Pero a la señora le ha cobrado solo tres!

El vikingo inspira ruidosamente y el tamaño de sus orificios nasales me resulta muy amedrentador. Parece estar encomendándose a Loki en busca de una paciencia que adivino escasa en su linaje de impetuosos conquistadores.

—Esa señora —masculla entre sus blanquísimos dientes— vive sola en una casa diminuta con un tejado que, con toda probabilidad, no aguante las primeras nevadas de diciembre, y con una pensión equivalente al precio de las sandalias que lleva puestas usted en esos piececitos de princesa griega. No puede permitirse comprar flores.

—Pero…

—Y usted sí que puede pagarlas. Así que —insiste con sus ojillos azules echando chispas— son veinte euros.

Cierro la boca, más confundida que indignada, aguanto su mirada fulminadora un segundo más y giro sobre mis talones para salir de la floristería sin pronunciar ni una sola palabra más. Estoy enfadada, pero sobre todo estoy avergonzada y me arden las mejillas. Quiero alejarme lo más deprisa posible. Ando rauda, casi echo a correr, hacia la puerta del ayuntamiento en busca del frescor y el silencio arquitectónico de su vestíbulo, huyendo de las iras del *ragnarok* que se ha desatado sobre mi cabeza. Pero cuando estoy a punto de traspasar su umbral centenario me doy de bruces con un hombre alto y rotundo que me cierra el paso.

—Oh —digo con los ojos llenos de lágrimas. Por hoy, no estoy en condiciones de hacer frente a ningún otro guerrero nórdico—, ¿y ahora qué?

Entonces me llega el olor a romero recién cortado y siento la firmeza de unas manos fuertes sosteniéndome. Y antes incluso de que pronuncie su primera palabra, se me desbocan —indomables todavía, pese a mi condena en el exilio— los latidos del corazón.

—Oye, Wendy —me riñe su voz extraordinaria muy cerca del oído—, pensé que después de tantos años habrías aprendido a volar.

# Todos los veranos del mundo

$L$a memoria infantil no me alcanza para recordar un solo verano en el que Marc Montañés no fuese el compañero de todos mis juegos.

Vivía durante todo el año en Serralles, en una casa en las afueras. Sus padres lo llevaban cada día en coche a una de las escuelas de Boí, y era el único niño de mi edad en el pueblo. El día en el que llegábamos para pasar las vacaciones de verano, lo encontraba siempre a pie del camino de nuestra masía, saltando impaciente sobre la punta de sus botas más viejas. Por entonces creía que tenía ciertos poderes de adivino, que era capaz de acertar el día y la hora exacta a la que llegaría el coche familiar de papá, con todos nosotros dentro.

Saludaba a mis padres y a mis hermanos muy serio, me ayudaba —sin apenas mirarme ni hablarme— a trasladar mis bártulos hasta mi habitación, y salíamos corriendo hacia el pueblo a los pocos minutos de haber llegado. Sudorosos, con las pulsaciones por las nubes y la sonrisa todavía algo esquiva, nerviosos por tantos meses de ausencia, nos sentábamos en el borde de la fuente de la plaza a recuperar el aliento. Siempre era él quien rompía el hielo, quien me contaba algo sobre un nuevo juguete que codiciaba en secreto, o sobre alguna asignatura escolar que se le había atravesado. Me hablaba despacio y con paciencia, esperando que su voz rompiese poco a poco mis defensas. Demolía mi timidez a golpe de anécdota intranscendente, de cuentos, de invenciones, de las rutinas invernales que lo habían mantenido durante la espera.

A mí me daba igual lo que me contaba. No hacía más que aferrarme con todas mis fuerzas al compás sincero de su voz hasta que se me pasaban las ganas de esconderme bajo la cama y me reconciliaba con mi mejor amigo. Porque los años tenían el efecto de hacernos crecer, de pulirnos las facciones y el gesto, necesitábamos ese ritual del reencuentro para acostumbrarnos de nuevo a nuestra compañía. Para entender, en esencia, que seguíamos siendo los mismos Marc y Helena que un día decidieron quedarse en el verano del otro para siempre.

Al anochecer de ese primer día del reencuentro, ya corríamos libres y confiados por cada rincón de la geografía inventada de nuestras aventuras. Jugábamos incansables a ser espías, piratas, detectives, exploradores. Montábamos en bici durante horas, atropellando a los adultos invisibles que osaban cruzarse en nuestras líneas de batalla. Trepábamos a la higuera del señor Tomás, a los manzanos de la cooperativa; llegábamos a casa con dolor de tripas, ahítos de fruta madura, tan dulce…

A la hora de la siesta, cuando el sol inclemente recluía a todos los habitantes de Serralles en sus casas, nosotros cruzábamos el pueblo a la carrera, con las *espardenyas* rotas y los pies ligeros para no notar la picazón ardiente de los adoquines. Corríamos sin parar hasta dejar atrás la última casa, la de la señora Montse, la amiga de mi madre, y seguíamos imparables hasta cruzar el bosquecillo de abedules. Solo cuando nuestros pies descubrían la arena suavísima del cauce del río, nos deteníamos para quitarnos las zapatillas. Y así, descalzos, hundiendo con glotonería los dedos de los pies en aquel paraíso de arenas claras, disfrutábamos de la sombra protectora de los helechos gigantes, de los inevitables abetos pirenaicos, de los grandes castaños, hasta que un escalofrío nos cruzaba la espalda empapada de sudor y nos ponía la piel de gallina.

A la orilla del arroyo buscábamos un palo largo y flexible. Marc dibujaba un semicírculo a su alrededor, adoptaba la elegantísima postura *en garde* que había copiado de Errol Flynn y me desafiaba extendiendo su espada con un gesto de su mano libre para que me acercara, si me atrevía.

—Vamos, Wendy —me decía—, hasta que no aprendas a volar tengo que enseñarte cómo luchar contra los piratas.

Sonriente, yo me recogía las faldas, hacía una inclinación de cabeza y una reverencia —hubiese sido la envidia de la mismísima María Antonieta—, sujetaba con firmeza mi palo y lanzaba el primer estoque.

El tiempo ha desdibujado la memoria de mis recuerdos de infancia pero, en todos los tesoros de aquellos tiempos que aún conservo, siempre está presente la sonrisa desafiante de un niño de pelo oscuro y ojos grises que sabía conjurar tormentas y domeñar los mares con un simple gesto de su fingida espada.

Los mismos ojos grises, como nubes preñadas de lluvia bajo un sol brillante, que me miran ahora desde una altura notablemente superior a la que me dicta la memoria.

Marc Montañés atraviesa invicto las puertas del olvido y me sostiene entre sus brazos con algo parecido a la ternura.

Necesito ahora que me hable, que vuelva a dispersar

los fantasmas del miedo y de la timidez que tan bien evaporaba con su prodigiosa voz de aventurero. Pero ya no tenemos once años, ni siquiera quince, y hace casi veinte que no hemos vuelto a vernos.

—Hola —susurro desfallecida.

Él se ríe sin soltar el amarre de mis ojos, temeroso quizás de que eche a correr si deja de mirarme, de que no sepa encontrar el camino de vuelta hasta él. Le veo buscar en el fondo de mis pupilas a aquella niña de pelo indomable y hoyuelos esquivos en las mejillas. Satisfecho con lo que ve, sonríe de nuevo, me suelta y da un paso atrás. Hubiese preferido seguir entre sus brazos.

—Helena —pronuncia en voz baja—. Después de tanto tiempo, ¿es eso todo lo que tienes que decirme?

—Es... No, sí... No esperaba encontrarte aquí. ¿Cuándo has vuelto?

Marc guardó su secreto durante todo el verano. Sus padres habían decidido enviarlo a Londres, con su hermano mayor, para que cursara allí los años de bachillerato que le quedaban y después fuese a la universidad. Él lo sabía desde antes de que, por primera vez en ese julio maldito, recién llegada de Barcelona, pusiese uno de mis pies enfundados en bailarinas rosas en el umbral de la masía. Guardó su secreto celosamente, lo encerró en la cámara acorazada de su corazón para que aquel último verano que íbamos a pasar juntos fuese exactamente igual de feliz que todos los anteriores.

Corrimos por las calles de Serralles, con nuestros pies y en bicicleta, con monopatín y con patines, a la pata coja, descalzos o con los zapatos de domingo. Trepamos a los árboles, escalamos las montañas más cercanas, nos remojamos en nuestro arroyo frío. Marc fue capaz de vivir cada segundo de aquel último verano de nuestra infancia con la ilusión intacta y el corazón puro de los que saben que la magia existe y que nada está escrito de antemano cuando se tiene la suficiente esperanza en una niña rubia de hoyuelos huidizos.

Fue en septiembre, con el coche cargado hasta los topes y nosotros dos al borde del camino de tierra y grava de la masía, dos adolescentes rabiosamente anclados a nuestras *espardenyas* infantiles, cogidos de las manos, a punto de decirnos adiós, cuando Marc confesó su terrible secreto con una voz tan ronca y tan extraña que durante bastante tiempo después de que pronunciase sus palabras seguí convencida de que aquello no había sido más que un sueño.

—Me voy a Londres a estudiar. Al *college* de mi hermano Víctor —me confesó con valentía, cara a cara.

La noticia me asustó, como me asustaban todos los cambios ya incluso entonces. Pero tenía buenos reflejos y mejor defensa.

—Pero te darán vacaciones en verano, ¿verdad?

—Sí, supongo.

Entonces me soltó las manos, ocultó los ojos en los guijarros del camino, a nuestros pies, y pronunció las palabras dolorosas que llevaba casi tres meses esquivando:

—Pero no volveré al pueblo en vacaciones. Mis padres vendrán a Londres.

Recuerdo mis manos frías, la boca seca, las piernas de algodón. Su cara pálida, seguramente reflejo de la mía, por el valor que se nos escapaba deprisa entre las costuras de nuestra despedida.

—Entonces, nos veremos al verano siguiente —le dije intentando convencerme a mí misma.

Sorprendido y triste, seguro de que haría falta mucho más que palabras para recuperarme después de dos veranos de distancia, poseedor quizás del veneno que habría de matarnos pero caballeroso hasta el fin, me mintió:

—Seguro.

Recuerdo sus piernas firmemente ancladas en la grava, su mano en alto para decirme adiós, mientras se empequeñecía por el parabrisas trasero de nuestro coche, su pelo oscuro y desordenado por los primeros vientos suaves de septiembre.

—Helena.

Me he ido lejos y me reclama con la autoridad que le confieren todos nuestros veranos de infancia.

—Sí, perdona —me disculpo en un susurro.

Me sentaría aquí mismo, en el suelo de mármol rosa del pórtico del ayuntamiento, a sus pies, porque las piernas se me han vuelto otra vez de algodón y no sé muy bien si estoy soñando despierta.

—Te decía que ahora vivo aquí —me sonríe paciente—. Hace un par de años que he vuelto.

—¿En la casa de tus padres?

—No exactamente, es… una larga historia.

Poco queda en él del muchacho pálido que se fue quedando atrás en medio de nuestro camino. Ahora es un hombre alto, de espaldas anchas y brazos fuertes, de manos recias acostumbradas al trabajo. Su pelo corto está salpicado de alguna cana y las arrugas de su entrecejo parecen marcadas cuando no sonríe. Pero sus ojos grises siguen teniendo el brillo de los sueños por cumplir, siguen llenos de promesas de arena blanca y arroyos fríos.

—Ahora tengo un poco de prisa —me dice desmintiendo sus palabras con el gesto de su cuerpo, que quiere quedarse aquí, justo aquí, a centímetros del mío—, pero me gustaría hablar contigo, ponernos al día.

—Sí, hace tanto tiempo…

—Dieciocho años y once meses.

—Lo dices como si fuese una condena.

—¿Una condena? —sonríe sorprendido.

—Soy abogada.

—¡Abogada! —estalla escandalizado—. No se me ocurre nada que vaya menos contigo que ser abogada. Excepto, quizás, árbitro o astronauta. No, espera, astronauta sí, sí que te imagino.

«Aprendiendo a volar», pienso súbitamente presa de una oleada de melancolía.

—Quedamos el domingo, a esta misma hora —me dice mientras echa una rápida ojeada al reloj—, en La Cacerola.

Y echa a andar deprisa, mirando un par de veces hacia atrás, como si tuviera que asegurarse de que sigo aquí, de que no soy sino un fantasma con un retorcido sentido del humor.

—¡Wendy! —me grita feliz cuando ya está casi a la altura de la fuente—. ¡Estás exactamente igual! Excepto por la sonrisa —añade dubitativo—. Me pregunto qué se habrá hecho de tu sonrisa.

# Té y bollos *delicious*

—¿*L*a biblioteca voladora? —me pregunta Xavier como si me hubiese vuelto loca de remate—. ¿En serio, Helena?

—No pienso explicarte nada más. Si eres valiente, traspasa la puerta de Bolsón Cerrado y entra. Te acompaño.

Xavier se encoge de hombros, resignado, y empuja con decisión la preciosa puerta verde de la librería. Tiene que inclinar un poco la cabeza para entrar por su hueco, como si de verdad estuviésemos en la Comarca, pero vuelve a erguirse con rapidez, avanza unos pasos hasta el centro de la tienda y enseguida se ve atraído por una mesa que luce extraordinarios libros ilustrados por Iban Barrenetxea y Benjamin Lacombe. Aunque está de espaldas a mí, sé que acaba de entrar en el paraíso.

—Eh, hola —nos saluda el joven ratón apareciendo de debajo de su mostrador.

—Hola…

El propietario de La biblioteca voladora se apresura a salir a nuestro encuentro y me tiende una mano pálida de dedos largos.

—Me temo que el otro día no llegamos a presentarnos formalmente —me dice con su espantoso acento mientras me estrecha la mano—. Soy Jonathan Strenge.

—¿En serio? —se atraganta mi hermano, que está pensando sin duda en el protagonista de *Jonathan Strange y el señor Norrell,* de Susanna Clarke.

—Yo soy Helena Brunet. Y este es mi hermano Xavier.

El ratón se vuelve raudo hacia él y también le tiende la mano.

—Un placer, señor Brunet —le dice muy serio—. No he leído ni una sola de sus novelas.

—Ni tampoco las tiene a la venta —le señalo con regocijo.

—Por poco tiempo. En cuanto supe que era hijo de Serralles, me apresuré a contactar con su editorial. El miércoles me harán llegar algunos ejemplares.

—No creo que venda mucho, señor… Strange.

—No —le corrige el ratón levantando uno de sus larguísimos dedos índice hacia el techo de madera—, no es Strange, sino Strenge.

—Lástima —suspira Xavier.

—Llegan justo a la hora del té, ¿les gustaría acompañarme?

—Sí, gracias —le digo feliz.

Jonathan Strenge se cuela con solemnidad en la trastienda y vuelve a aparecer con la misma bandeja del día anterior; solo que esta vez trae tres tazas y, además de bollos *delicious,* unas galletitas de mantequilla de aspecto delicado y perfecto.

—Yo no tomaré té, gracias —se adelanta mi hermano.

—¡Ah! Y es por eso que no creo que vaya a leer nunca ninguna de sus novelas —me confía en voz baja Jonathan con el casi imperceptible guiño de uno de sus ojos marrones.

Sonrío y asiento —creo que Xavier se lo ha ganado a pulso—, y espero impaciente a que nuestro anfitrión me sirva mi Earl Grey con su nube de leche y sin azúcar. Apenas he mordisqueado mi primer bollo *delicious* cuando mi hermano realiza un descubrimiento entre las estanterías de La biblioteca voladora que le hace resplandecer entre la luz mortecina de este atardecer que se cuela por las ventanas (redondas, por supuesto).

—¡Ooooh! ¡Tiene la Trilogía de Corfú de Gerald Durrell! —exclama feliz.

—No solo esa —puntualiza el joven Strenge con un gesto que me hace dudar sobre su integridad física en el colegio durante su infancia—. También tengo *Rescate en Madagascar*, *Filetes de lenguado* y *Un novio para mamá*. Y algunos más, si no me equivoco.

—Es cosa sabida que el escritor de la familia siempre fue su hermano Lawrence, pero tengo debilidad por Gerald, no puedo evitarlo. Incluso he conseguido que nuestra hermana Silvia lea alguno de sus libros, por lo de la conservación de las especies y todo eso. Lawrence es estupendo, sin duda. Pero quien siempre me hace reír es George.

—Algunos de sus retratos son entrañables —le concede Jonathan.

—Ah, las anécdotas de Teodoro...

—Me recuerda, en otra línea temporal, por supuesto, a algunos de los personajes de Stella Gibbons.

—No he tenido el placer de leerla.

—Pues debería —le riñe severo el señor Strenge—, y también a E. F. Benson y a Evelyn Waughn.

—Uy, no sé, soy más de Stefan Zweig.

—Aunque por encima de todo debería leer a Anthony Trollope.

—Todos los novelistas deberían hacerlo. Sin falta

—asiente mi hermano para tranquilidad del librero—. Estoy esperando, señor, que pronuncie el nombre de algún autor que no esté muerto.

—Pues esperará en vano, me temo.

—¡Pero Auster! ¡Atwood! ¡Eco! ¡Marsé! ¡Salinger! ¡Cabré!

—Vamos, vamos —sonríe Jonathan—. No se me ponga apasionado ¿Qué me decía de la Trilogía de Corfú?

Han roto el hielo, han encontrado el camino común en el que poder sentarse sobre una de las rocas de la cuneta y compartir una pizca de literatura.

Los dejo felices, hablando de los Durrell, de James Herriot y de lo mucho que echan de menos volver a leer a Arnold Bennett; cojo otro bollo *delicious* y me paseo tranquila por entre las estanterías de La biblioteca voladora. La tienda de Strenge me llena de paz; como un refugio de madera y libros, un oasis protector tan alejado de la ciudad que ya apenas recuerdo su ruido infernal.

Arrullada por las voces de los dos lectores apasionados, me llevo mi taza de té a un rincón, me siento en el suelo de roble y apoyo la espalda en una de las estanterías. Cojo un libro al azar y lo abro como si fuese el cofre del tesoro de John Silver.

—*El pensionado de Neuwelke* —leo en voz baja—, de José C. Vales.

No quiero estar en ningún otro lugar del mundo.

# La arquitectura heredada

*E*l sábado por la mañana mamá no tiene clases. Desayunamos todos juntos en la cocina y ella nos cuenta los progresos de sus alumnos y la extraña soledad del señor Serra.

—Hace poco que se mudó a Serralles, ha alquilado la antigua casa de los González —nos explica—. Montse me dijo que era viudo reciente y que no lo llevaba demasiado bien. Sus hijos han intentado que se fuese a vivir a la ciudad con ellos, pero él se niega en redondo.

—Ayer me lo encontré en el vestíbulo —dice mi sobrina Anna—, estaba mirando por el ventanal trasero y me dijo que nunca se cansaba de ver las montañas.

—Yo me lo encontré saliendo de mi cuarto de baño —se queja Silvia—. En serio, mamá, tienes que hablar con él y decirle que se limite a usar los aseos del ala nueva. No me apetece tener que compartir los dormitorios de la familia con un extraño.

—Oh, pero no es ningún extraño. —Xavier me guiña un ojo—. No todo el mundo tiene el privilegio de compartir baño con un Premi Ciutat de Barcelona.

—Pobre hombre. Se despista por los pasillos —le excusa mamá.

Miquel quiere salir al parque a jugar. Ayer se encontró con un par de niños de su edad, seguramente veraneantes, y parece más animado que cuando llegó. Silvia le dice que, en cuanto se cambie de ropa, se los lleva a él y a su hermana a la plaza hasta la hora de comer. Anna parece aceptablemente satisfecha con los planes. No creo que haya encontrado a nadie de su edad pero desde que se ha levantado lleva bien agarrado su iPhone y sospecho que poco le importa dónde ir a chatear con los amigos.

Xavier dice que se va a su habitación a escribir unos correos que tiene pendientes, así que espero a que todos desaparezcan de la cocina para llamar la atención de mi madre.

Se ha sentado a la mesa con el crucigrama del diario y lleva puestas unas bonitas gafas de montura metálica, dorada, que le hacen los ojos más grandes. «Se ha puesto su mirada de jirafa», suele decir mi hermano cada vez que mamá las usa.

—Mamá, ¿por qué no me has preguntado por mi vestido de novia? ¿No quieres verlo?

—Claro que sí, cariño. Me encantaría.

—¿Y por qué no me has dicho nada?

—Pues… Pensaba que querías darnos una sorpresa o algo así.

—Sí, una sorpresa sí que te voy a dar…

Se quita las gafas, deja el bolígrafo sobre el diario y me mira expectante.

—No tengo ningún vestido.

Mamá pone su mejor cara de exjirafa sorprendida y espera a que le aclare qué estoy queriendo decir exactamente con eso de que no tengo vestido.

—No me he comprado ningún vestido para el día de mi boda.

—Pero… ¿por qué?

—Pues no lo sé. Seguramente porque cada vez que pensaba en probarme un montón de modelitos blancos me entraban ganas de salir corriendo a Madagascar. O porque no me apetecía ir sola a comprarlo.

—Pensaba que lo comprarías en Barcelona, que irías con alguna de tus amigas... O con tu hermana.

—¿Con Silvia? —me río—. Debes estar soñando, mamá. Silvia me haría ir en vaqueros y con una camiseta de algodón ecológica con garantía de fabricación sin ninguna clase de explotación humana o crueldad animal.

Mamá me dirige esos rayos X de madre que todas llevan de serie desde que acunan a su primer retoño entre los brazos.

—Si hubiese encontrado el valor, y el tiempo, para ir a comprar un vestido —le digo en voz tan baja que el trino de los pájaros que se cuela por la ventana del jardín casi la tapan—, habría querido ir contigo.

—¿Por qué no me lo dijiste? Habría bajado a la ciudad para acompañarte.

—¿Por qué no te ofreciste? Creo que todas las madres del mundo sueñan con los vestidos de novia de sus hijas.

Mamá se encoge de hombros. De repente parece muy pequeña e indefensa. Ha envejecido notablemente estos dos últimos años; le pesa la ausencia de su marido, pero creo que también la de todos sus hijos, la de sus seres más queridos. Me entran ganas de abrazarla, pero con mamá las cosas nunca han funcionado así.

—No quiero entrometerme en vuestras vidas, hija —me confiesa—. Todos tenéis vuestros propios caminos, y yo el mío. Xavier con sus novelas, su divorcio, sus hijos. Silvia con sus viajes interminables alrededor del mundo. Y tú con esos horarios de trabajo tan largos, entrando y saliendo de la oficina y de los juzgados, titulares en los periódicos...

—Mamá —le digo conciliadora—, aprecio tu prudencia y tu respeto, pero a veces pienso que te importo exactamente un pimiento.

Se levanta, se quita el delantal amarillo que lleva anudado a la cintura y coge las llaves del coche de un cuenco de madera pintada que hay junto a la puerta de la cocina.

—Vamos —me dice presa de una súbita energía.

—¿Adónde?

Se acerca, me da un beso rápido en la mejilla —calculado con cuidado para no caer presa de una llorosa emoción madre-hija— y me coge de la mano para tirar de mí hacia la puerta.

—A comprarte el vestido de novia más bonito que Serralles haya visto nunca. Conozco una tienda, a unos cuarenta kilómetros de Boí, en la que tienen muchísimos. Una de las dependientas es amiga mía, se llama Clara, seguro que en dos semanas pueden hacernos los arreglos que se precisen. Vamos, conduzco yo.

Así es mamá. Alérgica a cualquier muestra de amor cotidiano, experta en esquivar declaraciones de cariño, profundamente convencida de que sus hijos saben lo mucho que los quiere por el mero hecho de existir. Educada en la austeridad emocional de su infancia, me pregunto cómo es posible que llegue siquiera a besar a sus nietos con la espontaneidad de la abuela entregada que demuestra.

Justo antes de entrar en el coche de mi madre para ir en busca de un vestido de novia —mi vestido de novia—, me giro a mirar la fachada de nuestra casa. Enorme y luminosa, se yergue rotunda contra un cielo sin nubes, tremendamente azul. En una de las ventanas del ala añadida a la construcción original, Eduardo Mendoza nos dice adiós agitando con alegría la mano.

—Mamá, la ampliación de la casa es muy bonita.

—¿Verdad que sí? Yo también lo creo.

—Sé que el diseño original es de papá. Recuerdo las volutas vegetales de la forja, y la forma del tejado y de los torreones, de uno de sus dibujos.

Mamá conduce despacio, atenta a la carretera.

—Eres la única que se ha dado cuenta —me confiesa.

—No sé si Xavier y Silvia conocían la afición arquitectónica de papá. En casa tengo una carpeta llena con sus planos. Son estupendos. Quiero decir que a nivel técnico no sé cómo serán, pero el diseño es hermoso.

Mi madre se ríe bajito y asiente con su cabeza de pelo corto y encrespado.

—A nivel técnico, como tú dices, son un desastre —me explica—. Cuando se lo presenté al arquitecto que dirigió las obras de ampliación me dijo que todos los cálculos eran erróneos y que, según la ley de la gravedad, ninguna casa se sostendría siguiendo los planos de tu padre.

—Pero respetó la idea. Reconozco los trazos de papá.

—Adoraba esta casa —recuerda con voz triste— y siempre había tenido en mente ampliarla, algún día. Decía que cuando se jubilase, cuando tuviese tiempo. Quería montar una especie de museo de las galletas.

Se me escapa la risa y mamá me echa una rápida mirada de cariñosa complicidad. En ese momento estamos compartiendo más que en los últimos años de nuestras vidas. En el pequeño recinto refrigerado de ese coche restablezco unos lazos que creía perdidos y me hago la promesa de no volver a dudar.

—¿Un museo de galletas? —pregunto con la sonrisa todavía en los labios.

—Quería destinar el espacio de la ampliación para exponer la historia de la fábrica familiar de galletas, desde sus inicios en 1894, y su evolución a lo largo del tiempo y de los avances alimentarios.

—No sé si alguien hubiese entrado a visitarla. Tu idea de cursos de cocina para idiotas me parece mucho más razonable.

—Gracias, cariño.


Volvemos con la caída de un crepúsculo rosa pisándonos los talones, cansadas y felices de haber encontrado la tienda de trajes de novia justo como la recordaba mamá. Nos hemos decidido por un sencillo vestido larguísimo, de escote en pico y mangas élficas con abertura hasta los codos, con un ligero estampado de delicadas flores violetas en el fajín. Precisa de pocos arreglos, sobre todo porque me apetece ir arrastrando sus larguras a mi paso por el suelo empedrado de Serralles, como un fantasma byroniano en busca de su amor. Podemos ir a recogerlo la semana que viene, tenemos tiempo más que suficiente.

No ha resultado tan traumático como había supuesto. Pero tampoco he conseguido la catarsis que buscaba en nuestras relaciones materno-filiales. Mamá es así, y nunca tendré de ella más de lo que he obtenido hoy. Conversar sobre los planos y planes de papá para la casa es lo más cerca que vamos a estar de reconocernos mutuamente nuestro terrible duelo, nuestra añoranza, nuestra pena por su ausencia.

Me pregunto si Xavier escribe para vomitar todo ese bagaje sentimental reprimido durante años por herencia materna. O si Silvia demuestra más amor y cariño por los animales y el planeta que por las personas porque los dos primeros son valores inmutables y nada traicioneros. Me pregunto si voy a casarme con Jofre porque es, precisamente, tan inmutable como la rotación del planeta que intenta salvar mi hermana desde el bando de los que tienen razón y conciencia.

Rescato mi móvil de las profundidades del cajón de la ropa interior de mi dormitorio. Tengo tres llamadas perdidas de mi prometido; una por día; todas a la misma hora. Miro el reloj sobre la vieja cómoda de la bisabuela y decido devolverle la llamada.

—Helena —contesta imperturbable el Juez Dredd al segundo tono.

—Jofre, ¿cómo estás? Siento no haberte llamado antes. Aquí el tiempo corre de una manera distinta.

Me parece una excusa lo suficientemente estúpida como para no convencer a ningún novio del mundo, pero él no protesta. Hace años que ha aprendido a convivir con mis rarezas y sabe que el paso del tiempo todavía me resulta aleatorio fuera de los documentos legales de mi trabajo. De mi extrabajo.

—Ya tengo vestido —le digo.

—Estarás preciosa con cualquier vestido que lleves.

—¿Qué llevarás tú?

—Te dije el mes pasado que Charlotte ya me había entregado mi traje, ¿no te acuerdas?

Charlotte es el sastre de Jofre. También es el sastre del abuelo de Jofre. Y del padre de Jofre. No puedo ni imaginar cuántos años tiene el buen hombre —ni por qué sus decimonónicos progenitores le pusieron nombre de chica—, pero desde siempre los trajes de familia se han confeccionado bajo su estricta supervisión de profesional de Bond Street.

—Lo olvidé.

—De todas formas, quería hablar contigo para avisarte de que Júlia, mi secretaria, ya ha reservado las habitaciones en Boí Taüll.

—¿Por qué en Boí? Mamá tiene preparadas un par de habitaciones cómodas para tus padres y para tus abuelos. El resto de invitados dijimos que podían quedarse en la fonda de Serralles.

—Pero a estas alturas de agosto la fonda debe estar llena.

—No habrá problemas de ocupación. Casi todos los veraneantes de Serralles tienen casas propias o se hospedan con sus familiares —le explico—. Y en la segunda semana de septiembre la mayoría se habrá marchado.

—La fonda no tiene habitaciones para unas cincuenta personas.

—¡Cincuenta personas! —grito alarmada.

—Sí, ya sé que se escapa un poco de nuestros planes iniciales. Pero tengo algunos compromisos, contactos que hay que cuidar, y al final no puedo reducir más la lista de invitados.

Noto las mejillas ardiendo, la cara roja de rabia y frustración.

—Dijimos que solo nuestra familia más cercana. Solo nuestros padres, tus abuelos y mis hermanos y sobrinos. Algo sencillo, en el ayuntamiento, con la alcaldesa Miranda o un juez amigo nuestro.

—Ya hablaremos cuando llegue, Helena. Hay cosas que son imposibles. Además, yo me encargo de todo, no tienes que…

—¿Tú te encargas de todo? Mi madre cree que va a preparar una cena ligera en el jardín para doce personas. ¡Para doce personas!

Oigo voces y movimiento de papeles y sillas al otro lado del teléfono. Jofre todavía está en los juzgados, trabajando.

—Helena, tengo que dejarte ahora. Ya hablaremos cuando llegue. Dile a tu madre que buscaré un restaurante en Boí, que no se preocupe.

—Adiós, Jofre.

Pero él ya ha colgado.

A menos de un mes de mi propia boda, nada de lo que había planeado o propuesto va a ser tenido en cuenta por el novio.

Habría sido peor si en algún momento de delirante fantasía se me hubiese ocurrido pensar que podría haber sido diferente.


—¡A cenar! —nos grita mamá desde la planta baja.

Llevamos un buen rato jugando al Mario Party en la consola de Miquel y no nos hemos dado cuenta de la hora que es. Silvia está muy guapa, resplandeciente. Quizás porque nos está dando una soberana paliza a todos. Anna y yo hemos hecho equipo y nos entendemos bien. Me gusta esta chica callada y seria, que sabe señalar con precisión lo que a los demás se nos escapa. Por eso, cuando habla, todos nos paramos a escuchar, incluso su hermano pequeño; Anna podría contarnos cualquier historia esta noche y la creeríamos a pies juntillas.

Recogemos la consola, y toda su parafernalia, y bajamos en tropel a la cocina. Nos sentimos algo culpables por no haber ayudado a preparar la cena.

El señor Serra/Mendoza está sentado a la cabecera de la mesa y Xavier y mamá sostienen una bandeja gigantesca con lo que parece un pollo carbonizado rodeado de pegotes rojos y morados.

—Esta noche nos han hecho la cena los alumnos del taller culinario de las siete. Pavo al horno con pimientos, tomates y patatas asadas —nos anuncia mamá mientras se dispone a trinchar nuestra supuesta cena—. Y este es el señor Serra, nuestro invitado. Creo que ya…, ya lo conocéis.

—Buenas noches —murmura el susodicho con una mirada tristísima perdida en las manos de mamá.

Nos sentamos a la mesa después de saludar a nuestro invitado. De repente todos parecemos algo enloquecidos a la luz intensa de los focos de la cocina de mamá.

Silvia se apresura a explicar que siente no habernos dicho antes que está pasando por otra de sus fases vegetarianas y que, con nuestro permiso, va a hacerse una ensalada. Anna dice que le duele el estómago y se añade a los planes verdes de su tía. Xavier descorcha una botella de vino y me guiña un ojo; lo que me recuerda que tengo que preguntarle sobre su sistemático saqueo de la bodega de nuestros padres. La voz infantil de Miquel suena clara en medio del pequeño desorden en el que se ha convertido nuestra mesa.

—Eso parece asqueroso, abuela.

—No se dice asqueroso a la comida —le regaña mamá.

—Está un poco quemado —añade Anna.

—Para nada, es pato *flambé,* os falta mundo, muchachos —dice Xavier.

—No es pato, es pavo.

—No entiendo por qué tenemos que comer con ese señor —vuelve a quejarse Miquel.

—Es nuestro invitado.

—Se invita por toda la casa, lo he visto —insiste mi sobrino.

—Sois unos ingratos. —Mamá pierde la paciencia mientras va sirviendo platos de pavo tiznado y pedacitos irreconocibles de guarnición—. Para una noche que no tengo que cocinar…

—Hablando de eso, de cocinar... Mamá... He hablado con Jofre esta tarde y parece que se ha disparado el número de invitados. Hemos pensado que sería más práctico que reserváramos un restaurante de Boí.

—¿Cuántas personas?

—Pues algo más de cincuenta —digo avergonzada.

—¿Hemos pensado? —salta sarcástica Silvia—. Querrás decir que Jofre ha pensado, ha hecho y ha decidido. En serio, Helena, ¿por qué vas a casarte con ese tío?

—Porque hace tiempo que vivimos juntos y nos llevamos bien.

—Respuesta equivocada —susurra Xavier a mi izquierda.

—Claro que os lleváis bien —contraataca Silvia—, si nunca estáis juntos.

—Silvia —la corta mamá.

—¿Qué? ¿Es que nadie más va a decirle que no se case con el Juez Dredd? Sois todos unos hipócritas.

—Todos tenemos derecho a cometer nuestros propios errores —interviene mi hermano—. Deberías respetar los de Helena. Ella no te ha dicho nada sobre tu corte de pelo.

—¿Qué le pasa a mi corte de pelo? —se enfada Silvia.

—¿Por qué es un error que me case con el Juez Dre..., con Jofre?

Anna y Miquel sueltan una risita y su padre los mira con severidad fingida, con un dedo sobre los labios y una sonrisa escondida.

—¿Lo ves? Ni siquiera te enfadas cuando cuestiono tu decisión, eso es porque no te la crees ni tú, no te la tomas en serio —continúa mi hermana—. Esta boda te importa un pimiento. Pero ¡si ni siquiera tenías vestido! Te casas porque crees que es lo que toca dentro de tu vida convencionalmente aburrida.

Silvia me mira y suaviza su rabia. Sensible, como siempre, sabe leer en mis ojos las razones de mi silencio. Detecta la duda, el proceso, la huella candente de mis pensamientos, y asiente despacio mientras hace acopio de paciencia. No todos somos tan precisos y rápidos como mi hermana pequeña a la hora de desenredarnos de entre los hilos de nuestras propias trampas.

—Algún día —me dice en voz baja mientras Xavier y mamá hablan con los niños— serás capaz de vivir según tus propias reglas.

—Yo no sé hacer eso, Silvia —le contesto.

—Claro que sí. Aprende a escuchar a tu corazón y déjate de convencionalismos o de deseos ajenos.

El señor Serra/Mendoza, que ha estado dando buena cuenta del pavo carbonizado y de sus respectivos compañeros ennegrecidos de la guarnición, toma un sorbito de agua y dice:

—Excelente asado, querida. Quizás debería cambiarme a la clase de las siete.

—Si esto fuera una comedia —interviene mi hermano—, ahora aparecería el aquelarre de mamá…

—Haz el favor de no llamar aquelarre a mis amigas —se queja nuestra madre revolviendo con el tenedor las ruinas carbonizadas que se ha servido en el plato en un ataque de optimismo.

—… y se apuntaría a nuestro simulacro de cena. Me falta un coro de *sotto voce* por el lado sur de la mesa.

—Me extraña que la clase de las siete no haya llamado a los bomberos —murmuro.

Entonces reparo en un jarrón antiquísimo que, víctima de nuestras correrías infantiles, todavía muestra las cicatrices de un intento de decoración para disimular sus grietas. Alguien lo ha rescatado de las profundidades del desván y lo ha puesto junto a la ventana, depositario de un espléndido ramo de flores blancas…, malvaviscos modificados, si no recuerdo mal.

—¡Las flores! —me atraganto con un trozo de pan a medio masticar.

—Son bonitas, ¿verdad? —sonríe mamá todavía indecisa con sus excavaciones arqueológicas tenedor en ristre por entre las ruinas de Pompeya de su plato—. Las ha traído Silvia esta tarde.

Fulmino a mi hermana con la mirada, pero ella se apresura a bajar la cabeza, súbitamente presa de un enorme interés por los tomates cherri de cultivo ecológico de su traidora ensalada.

# Orillas de arena blanca

$M$e pongo un vestido ligero de color azul y unas sandalias. Me recojo el pelo en un moño alto y me maquillo ligeramente los ojos. Estoy lista para dejarme hechizar de nuevo por la voz que cada verano me sacaba del ostracismo invernal.

Salgo de casa por la puerta de atrás —por supuesto— y camino rápido hasta Serralles. Esta vez me he olvidado las gafas de sol. A la derecha del bosquecillo de abedules, un campo de espigas, como un mar amarillo, se mece bajo la inesperada brisa. Agosto se termina, la siega pronto llenará los bancales de ruidosas máquinas y atareados *masovers*. Pero yo ya no estaré aquí para llenarme los pulmones con el aroma a cereal recién cortado y los ojos con el polvo tan molesto de su cosecha. Los días se acortan, se retiran cada vez un poco antes con su calor seco y contundente. Las hadas volverán con el primer rocío de septiembre —seguramente convencerán a la recepcionista de mi madre para llevársela con ellas a sus bailes nocturnos— y el bosque se llenará de champiñones y *ous de reig*. Los veraneantes se irán y el pueblo volverá a quedarse silencioso y tranquilo, con el humo de sus chimeneas subiendo perezoso hasta mezclarse con las nubes y el martilleo de las herramientas que, en previsión de las primeras nieves, se dedicarán a reparar los tejados de pizarra.

Pero en las calles por las que ahora transito, algo inquieta por mi cita con Marc, todavía resuena el bullicio de los veraneantes en pleno *dolce far niente,* traducido a esta hora en el aperitivo del mediodía bajo la sombra de los soportales.

Jonathan Strenge está arrodillado en el escaparate de La biblioteca voladora colocando unos ejemplares en formato gigante de *La liga de los pelirrojos,* de sir Arthur Conan Doyle. Pego mi cara al cristal y lo saludo con una sonrisa casi tan grande como el ejemplar con el que se está peleando para que se quede quieto y erguido en su decorado de fantasías holmesianas.

—¡Vuelva luego! —me grita a través del cristal—. A la hora del té. Tengo que enseñarle algo.

Asiento con la cabeza hasta que mi precario moño se tambalea bajo las horquillas y doblo la esquina para salir a la plaza. Unos niños hacen navegar barquitos de papel por la pila de la fuente. Al fondo, el parque infantil rebosa de inquilinos cuyos padres se sientan en las sillas plegables de los dos bares que han sacado sus terrazas de verano en los soportales. Desde lo alto del tobogán, Miquel me saluda moviendo su manita. Anna está sentada en uno de los columpios, enfrascada en la pantalla de su móvil.

Estoy a punto de acercarme a mis sobrinos cuando distingo a Silvia en el otro extremo del parque controlando a Miquel, bastante empequeñecida porque tiene a su lado al vikingo florista. Juraría que incluso desde aquí distingo su feroz mirada cuando repara en mi presencia. Le dice algo a mi hermana —tiene que inclinarse mucho para ser discreto— y los dos se vuelven hacia mí.

Decido no cruzar la plaza. Me apetece volver sobre

mis pasos y dar un pequeño rodeo, por la tienda de ultramarinos de la señora Pepa, para llegar hasta La Cacerola. Camino sin mirar atrás y paso deprisa por delante de puertas que conozco desde siempre aunque jamás me haya aventurado más allá de sus umbrales.

En La Cacerola también es la hora del aperitivo. Pero sus parroquianos son casi todos vecinos de Serralles; los veraneantes apenas llegan hasta este bar de la periferia, escondido para quienes no conocen bien esta geografía de calles retorcidas.

No hay rastro de Milagros, pero el señor Antonio, eternamente de pie tras su barra reluciente, me saluda con alegría.

—Ah, aquí está tu chica —le dice a Marc.

Mi viejo amigo, acodado en la barra, me da la bienvenida con una sonrisa que todavía no he olvidado.

—Hola, llego un poco tarde.

—¿Has venido corriendo? —me dice cuando repara en mis mejillas arreboladas y en mi frente perlada de sudor.

—Más bien huyendo de una horda vikinga...

—Voy a poneros una mesa fuera —nos dice con su delicioso *acentiño* la señora Milagros, que sale de la cocina limpiándose las manos con un trapo—. Aquí hay demasiada gente.

A Marc le parece buena idea y entre los tres sacamos, al amparo del alerón lateral, una pequeña mesa coja de tres patas y dos sillas bastante cómodas. Milagros no tarda en traernos un par de cervezas heladas y un cuenco con aceitunas.

Marc levanta su cerveza, con aire solemne, y me apresuro a responder a su brindis.

—Por los viejos amigos que vuelven a encontrarse —dice con un guiño travieso.

Doy un sorbo a mi botellín —el mejor trago de una cerveza bien fría en verano es justo ese, el primero, sin vaso— y me zampo dos aceitunas.

—Casi se me había olvidado lo buenas que son las aceitunas de La Cacerola —le digo.

—A menudo se nos olvidan las mejores cosas.

—Sí, los pequeños detalles. Como escribirnos cartas, ¿por qué dejamos de escribirnos?

—Ha pasado mucho tiempo…

—¿Bromeas? —me río—. Escribías unas cartas espantosas, con una letra de médico residente borracho después de los exámenes. Y además, no me contabas nada, solo los resultados de los partidos de críquet de tu colegio.

A Marc la risa le sube hasta sus hermosos ojos grises.

—Eran partidos de fútbol —me corrige—. Lo siento, Wendy, no lo supe hacer mejor.

—Mi madre me dijo que cuando acabaste la universidad te casaste y te fuiste a vivir a California.

—No exactamente, y no suena tan aventurero como eso. Me da un poco de vergüenza reconocer que me he casado dos veces, con sus dos respectivos divorcios, y que he vivido en más lugares de los que me hubiese gustado.

—¿Dos veces? —me sorprendo—. Has estado ocupado.

Marc se inclina hacia delante y me aparta un mechón de cabello rebelde que se ha escapado de mi accidentado moño. Bajo la mirada, algo cohibida por el gesto de ternura, y me meto en la boca otra aceituna.

—Me precipité —me confiesa a media voz, como si compartiese conmigo un secreto antiguo y no desprovisto de cierto humor.

Le repaso las arrugas que rodean esos ojos color de cielo en la tormenta, la piel morena, la barba de un par de días, el pelo castaño corto y despeinado. No ha pasado ni un solo verano sin que pensase en él, muchas veces solo por curiosidad. Fue tan íntimo el espacio que nos envolvía durante todos aquellos meses compartidos que nos ha quedado un rastro de pertenencia mutua. Su voz, sus gestos, todo me resulta extrañamente mío.

—¿Y desde cuándo vives aquí? —le pregunto tras sendos tragos a nuestras cervezas.

—La mudanza definitiva la hice el año pasado, pero llevo unos seis años de aquí para allá. Luego te cuento por qué. Pero primero tú, ¿qué has hecho todos estos años además de esconderte de mí?

—No me he escondido. Nuestras madres tenían nuestros números de teléfono, podríamos habérselos pedido.

—Pero ninguno de los dos se decidió a llamar al otro, ¿verdad? —me dice—. Sentí mucho la muerte de tu padre. Estaba fuera del país, pero mis padres sí que fueron al entierro. Era un buen hombre.

—Gracias. Fue algo inesperado.

—¿Y la fábrica? Pasé el otro día por delante, con el coche, y vi que estaba medio cerrada.

—Cuando mi padre y mis tíos se jubilaron, la vendieron a una empresa de repostería francesa. Creo que ha estado funcionando hasta hace poco pero ahora casi todo se importa de la fábrica que tienen al otro lado de los Pirineos.

—Echo de menos ese olor a barquillo que llegaba hasta el pueblo, sobre todo en otoño, cuando soplaba fuerte la tramontana. —Pierde la vista más allá de los tejados de las últimas casas que nos separan de la falda de la montaña y se pasa una mano por el pelo—. ¿Cómo demonios has acabado de abogada? ¿No te sentiste tentada de seguir el negocio familiar?

—Papá parecía no necesitar a nadie en ese frente y

acabé estudiando Derecho. Me dejé llevar por el entusiasmo de un par de buenas amigas y después del primer año en la facultad decidí que no estaba tan mal.

—Y cuando te licenciaste...

—Dediqué un año a viajar por Europa con Silvia.

—¡Ah, Silvia! La vi ayer en la tienda de la señora Pepa. Ha cambiado muchísimo pero sigue pareciendo permanentemente enfadada con todo el mundo. ¿Te acuerdas de cuando le dábamos esquinazo con las bicicletas? ¿Y después de estudiar y viajar?

—Silvia se preparó para comerse el mundo.

—¿Y tú?

—Yo decidí esconderme de ese mismo mundo detrás de un escritorio. Trabajé en algunos bufetes de derecho civil hasta que me contrató MAC.

Marc suelta un silbido largo.

—¿Y qué hace una abogada de MAC huyendo de las hordas vikingas? Os creía mucho más duros a los de MAC.

—No creas, siempre he sido igual de blandita. Y además, me han despedido.

—Me alegro.

—No digas eso, no tengo trabajo.

—Nada puede ser peor que MAC. La Wendy que yo conocí no le tenía miedo a empezar de nuevo cuando el río destruía la presa de ramitas secas que había tardado todo un día en construir.

Se levanta y tira de mí sin compasión.

—Ven conmigo. ¡Antonio, luego me paso! —grita en dirección a la puerta de La Cacerola.

—¡Qué prisas, chico! —le contesta él.

—Vamos, Wendy. ¡Corre!

Sin soltarnos de la mano echamos a correr calle abajo ante la sorpresa de algunos transeúntes. Dos adultos corriendo como chiquillos sobre las piedras oscuras, calientes por el sol del mediodía, el ruido de dos pares de pies que hollaron mil veces esa misma calle con semejantes prisas.

Dejamos atrás las últimas casas de Serralles y Marc acelera el ritmo de nuestra carrera. Bajo nuestros pies inquietos, la piedra se convierte en arena amarilla y hierbajos secos. Llegamos sin detenernos hasta el bosque de abedules y nos adentramos en la espesura, saltando los arbustos bajos de enebro y de gaulterias, evitando las zarzas llenas de moras rojas y negras, respirando entrecortadamente.

Enseguida percibo la frescura y el murmullo del río. Solo cuando nuestros pies se hunden en la arena blanquísima de su orilla Marc suelta mi mano y se detiene cerca del agua. A su espalda, me quito las zapatillas y avanzo hasta que me cubre por los tobillos.

—¿Te acuerdas? —me dice por segunda vez desde que nos hemos encontrado.

No podría olvidarlo aunque quisiera. Si en los tribunales me preguntasen bajo juramento qué es la perfección, contestaría sin dudar que una tarde de verano con los pies descalzos, a la orilla de este arroyo, con un palo en la mano y aquel niño inasequible al desaliento de mi timidez.

Asiento sin despegar los labios.

—Sabía que de mayor serías justo así —dice Marc, aún capaz de detener el tiempo.

—¿Cómo? —susurro.

—Absolutamente perfecta.

## Té de roca esperando al pastor

Sueño con una playa de arena blanca y el murmullo de un mar tan lejano que no consigo vislumbrar. Camino descalza, vestida de azul, por entre esa suavidad, recogiendo caracolas olvidadas y piedras de colores. El cielo es tan gris como los ojos de un niño con el que una vez me medí en un duelo de espadas.

Me despierto temprano y desde la enorme cama de hierro forjado heredada de una bisabuela que nunca conocí le tomo el pulso a la casa, en silencio. Nadie se ha levantado todavía. Tengo la sensación de que algo ha cambiado, tan imperceptiblemente como el diminuto granito de arena heraldo de un derrumbe mucho mayor. Pensé que no quería volver a Serralles porque los recuerdos me pesarían tanto en los bolsillos que no podría echar a volar con los primeros soplos de la tramontana. Y sin embargo —sin embargo— allí estaba, más despierta que en mucho tiempo, lidiando con algunas verdades, desvelando las trampas de mi memoria.

Ayer Marc quedó en que pasaría a buscarme a mediodía para enseñarme algo importante. Se había mantenido críptico a la hora de desvelarme en qué había estado tan ocupado estos últimos años, pero me prometió que hoy se aclararía el misterio. Marc tiene el don de pronunciar sus votos en un tono de voz tan grave, casi un ronco susurro, mientras clava esos prodigiosos ojos suyos en los de su interlocutor, que resulta imposible no creerlo.

Me ducho, me visto con unos pantalones cortos y una camiseta de algodón, y me dejo el pelo suelto para que se vaya secando. Mis zapatillas blancas, de suela gruesa, comodísimas, no hacen el menor ruido cuando bajo las escaleras y atravieso el vestíbulo nuevo. La ninfa recepcionista no aparecerá hasta las diez. Puedo salir con cierta libertad de mi propia casa sin tener que utilizar la puerta trasera, pese a que —reconozco con cierto disgusto— la puerta corredera de cristal sigue pareciéndome un insulto a la hermosa masía de mi familia.

—Tía Helena —me sorprende la voz de Anna en cuanto salgo al exterior.

Enormes jirones de niebla baja, como velos de novia, se deshacen lentamente en la linde del bosque. La mañana es clara y todavía no hace demasiado calor.

—Hola, buenos días —saludo a mi sobrina—. Pensaba que todos dormíais. Me voy un ratito a la montaña a buscar té de roca.

—Te acompaño —me dice resuelta.

—Eh…, vale.

Espero que no se me note demasiado el poco entusiasmo de tener que llevar conmigo a una niña de doce años de la que apenas sé nada y con la que no tengo ni idea sobre qué hablar, aparte de nuestras dificultades a la hora de hacer un frente común contra Silvia en el Mario Party. La miro esperanzada por si lleva auriculares o algo así. Por lo poco que sé de los adolescentes, creo que suelen ir casi siempre enchufados a su música y no son muy amigos de las largas conversaciones. Pero los oídos de Anna están libres de todo adminículo musical y ella parece dispuesta a comportarse como la persona sociable que yo no soy.

Alta, espigada, con sus pantalones cortos y su camiseta de tirantes, su largo pelo castaño le arrebata reflejos dorados al sol temprano. Su mirada clara, sin concesiones, me da miedo. Es casi seguro que tiene poderes telepáticos y en estos momentos sabe con exactitud qué estoy pensando. Me siento terriblemente vieja e hipócrita, como si toda esa pureza encarnada en la niña que tengo a mi lado me tiñese el pensamiento de alquitrán.

Echamos a andar a paso rápido hacia el bosque de abedules, en busca de la falda rocosa de la montaña más cercana. Entre sus piedras más altas y escarpadas crece un pequeño arbusto color verde oliva, de florecillas violetas, con el que se prepara una infusión con notas de romero y *musk* que en Serralles llamamos té de roca.

Anna y yo intercambiamos algunos comentarios sobre lo a gusto que se está allí arriba, a los pies de la montaña grande, mientras recogemos pequeños brotes secos de la planta y los vamos guardando en una bolsita de tela que he cogido de la cocina antes de salir.

El cielo sin nubes resulta de un azul tan puro que duele mirarlo. Pronto aparecerán los primeros bancales de algodón blanco, heraldos de las primeras tormentas. Soplará la tramontana, al principio apenas será un aviso. Después, toda una declaración de intenciones. En otoño, los árboles estarán a medio vestir, y sus colores naranjas, amarillos, marrones, granates, alfombrarán los pies de las montañas azules, pacientes, con sus cumbres ya blancas.

Para entonces, se habrán marchado todos los veraneantes y Serralles volverá a ser territorio íntimo de sus escasos habitantes. Las calles, vacías de las risas y los gritos infantiles, se llenarán con el olor de las primeras chimeneas encendidas, de los apresurados pasos de las señoras camino del mercado de los miércoles, de los pastores y los labradores que vuelven del campo, del ritmo perezoso de los jubilados que juegan al dominó en La Cacerola envueltos ya en sus bufandas, solapados por sus gorras de lana escocesa.

Mamá se despedirá de sus estúpidos clientes de los talleres culinarios, excepto durante los fines de semana, cuando los esquiadores se acerquen a media tarde para practicar eso que llaman turismo rural con encanto y quemar asados de pavo en las clases después de traspasar la recepción de la ninfa prodigiosa que la regenta. Para entonces hará algún tiempo que nosotros también nos hayamos marchado. Silvia a su barco biomarino, Xavier de vuelta a las exigencias del dictado de su vocación de escritor, Miquel y Anna a un nuevo curso escolar, junto a su madre, quizás. Y yo…

—Tía Helena, ¿cómo murió el abuelo?

La pregunta me coge desprevenida, como un golpe en el estómago. Oculto la cara entre los largos mechones de mi pelo, ya casi seco, y sigo inspeccionando las ramitas de arbusto más cercanas.

—Sufrió un infarto. Estaba en la fábrica de galletas cuando pasó.

Anna no me contesta, pero noto su sombra sobre mi espalda. Ha dejado de recoger brotes de té de roca y se ha acercado a mí.

—No sufrió —añado buscándole la mirada—, fue todo muy rápido. ¿Lo echas de menos?

—Sí, un poco. Sobre todo cuando venimos aquí, a Serralles. Miquel no se acuerda mucho porque era muy pequeño cuando murió, pero yo…

La voz de mi sobrina, pronunciando con cuidado sus palabras de adulta, conjura mis propios recuerdos de las montañas. Algunas mañanas de domingo, cuando mi madre hacía tentativas poco convencidas de llevarnos a la iglesia, papá se colaba en nuestras habitaciones temprano y nos susurraba: «¿Venís?». Xavier y yo —Silvia era demasiado pequeña y su sueño todavía profundo— nos vestíamos sin apenas abrir los ojos y bajábamos a la cocina rápidos y silenciosos, con los zapatos en la mano para que mamá no nos interceptase en su cruzada religiosa.

Papá nos esperaba allí, ordenando con meticulosidad en una pequeña mochila una botella de vino, medio pan de payés, un par de *llonganisses* o de fuets, y un gran bote de cristal lleno de olivas y cebolletas encurtidas. Xavier añadía una cantimplora de agua fresca, unas cuantas servilletas de papel y un par de cuchillos, y los tres salíamos presurosos al aire fresco de las mañanas de verano. El frío se nos pasaba rápido, en cuanto acompasábamos nuestros pasos a las zancadas amplias y seguras de nuestro padre. Subíamos por un sendero pedregoso, justo en la imaginaria línea divisoria que distanciaba dos de las montañas más altas del aquel Prepirineo que amparaba Serralles, justo un poquito a la izquierda de donde años después habría de recoger té de roca junto a mi sobrina de doce años.

Allí esperábamos, sentados sobre las rocas musgosas, en silencio, respirando con glotonería aquel aire prodigioso que en unas horas habría de volverse demasiado tibio. El viejo Citroën del pastor Tinet no tardaba en aparecer colina abajo, levantando nubes de polvo en el sendero amarillo, haciendo saltar algunos guijarros, bamboleándose con aquella suspensión de muelle circense que tenían todos los Dos Caballos viejos. Traía el coche cargado de quesos, de cuajadas, de *mató* y de leche de oveja y de cabra, para venderlos en el mercado del pueblo. Nunca supe si sabía de antemano que nos encontraría allí o si resultábamos una sorpresa inesperada. El viejo pastor Tinet tocaba la bocina cuando nos veía, llenando de desagradables ecos las montañas y amortiguando el ladrido de sus dos perros. Dejaba el coche en medio del camino, bajaba parsimonioso y extendía una mano curtida para estrechar la de nuestro padre. A Xavier y a mí nos dedicaba una sonrisa con pocos dientes mientras sus perros, Shira y Marcel, se dejaban acariciar y rascar por nuestras manos infantiles.

Recuerdo bien la luz precisa de esas mañanas, el olor del bosque cercano bostezando, el frenético movimiento de la cola feliz de los perros, la mirada de ojos pequeños y tristes del pastor Tinet, un hombre enjuto, fibroso, delgadísimo, forjado a la medida y en el color de las rocas pirenaicas por los sucesivos inviernos de Serralles.

Nos sentábamos cerca del sendero, amparados por algún abeto solitario, previsores de una sombra que habríamos de necesitar en cuanto el día decidiese levantar sus velos. Papá extendía un trapo grande sobre una roca, nos sentábamos en el suelo a su alrededor y esperábamos a que cortase las enormes rebanadas de pan blanco, las generosas rodajas de embutido, a que sirviese el vino en los vasos más gruesos y rallados de mamá. Tinet hacía aparecer un queso —siempre uno de distinta clase cada vez, de tamaño por lo general pequeño— y lo cortaba en exactas cuñas con su navaja de monte. De cabra, de oveja, o de ambas, aquel queso apestaba a kilómetros a la redonda y me parecía un verdadero milagro que el buen pastor no hubiese acabado oliendo de la misma manera. Se nos hacía la boca agua.

Papá y Tinet brindaban en silencio y hacían los honores al primer trago del día. Esa era la señal para que Xavier y yo nos hiciésemos con sendas hogazas de pan y las cubriésemos con las rodajas del fuet. En la otra mano sosteníamos la fragante porción de queso, de la que dábamos cuenta a mordisquitos de ratón, paladeando su sabor fuerte y mohoso, en estupenda combinación con el pan y algún sorbito ocasional de vino aguado.

Tinet nos hablaba del invierno en las montañas, de hasta dónde había llegado la nieve ese año, de las vicisitudes de su rebaño. Todas sus cabras y ovejas tenían nombre, cuidadosamente anotado junto a su número de inspección, que el veterinario local le había ayudado a grabar en cada una de sus chapas identificativas. Xavier y yo le preguntábamos por los recién nacidos, por los corderitos blanquísimos y titubeantes que imaginábamos arriba, en los pastos verdes. Tinet se reservaba unas cuantas crías sin bautizar para que fuésemos nosotros quienes les pusiéramos nombre. Xavier siempre era el más original, a mí todavía me costaba ser espontánea delante de otros adultos y acababa susurrando algún nombre absurdo de alguna compañera de clase.

Comíamos y bebíamos felices, regañando a los perros cuando se acercaban a lamernos los dedos pringosos de queso y embutido. Papá se interesaba por la vida solitaria de Tinet, por esas larguísimas noches otoñales a la intemperie, en compañía de hogueras y de los cuatro *gossos d'atura* —el pastor siempre dejaba una pareja de guardia con el rebaño cuando bajaba al pueblo—. Contra todo pronóstico, Tinet era un hombre hablador y sociable, enamorado de sus prados, sus montañas y sus animales pero notablemente feliz cuando volvía a Serralles y compartía mesa y conversación.

Xavier y yo, con la barriga llena y los vapores del

vino aguado espesándonos la cabeza, nos tumbábamos somnolientos entre las hierbas bajas, notando los últimos vestigios de humedad del amanecer. Mirábamos el cielo, por entre las ramas del abeto que nos cobijaba, en un duermevela amparado por las despreocupadas voces del pastor y nuestro padre, a menudo con alguno de los perros hecho un ovillo a nuestros pies.

Papá nos despertaba para que nos despidiéramos de Tinet, y lo veíamos marchar en su Dos Caballos, con la sonrisa puesta y agitando el brazo por la ventanilla. Durante el camino a casa, papá nos explicaba la singularidad de una profesión que pronto desaparecería en Serralles. Tinet, algunos años mayor que él, no tenía aprendiz ni sucesor, y a veces se lamentaba del futuro incierto de sus rebaños, cuando él se jubilase y abandonase para siempre aquellas montañas por una pequeña casa junto al mar. Ahora evoco su voz pausada de contador de cuentos, su paciencia infinita con las innumerables preguntas de Xavier, su mirada risueña ante mis exclamaciones de asombro. Ni siquiera sé qué fue de él, tengo que preguntarle a mamá.

Vuelvo despacio a mis montañas, al terreno conocido sobre el que recogía té de roca junto a papá, y miro a mi sobrina, tan hermosa, tan sincera, en esta mañana de finales de agosto.

—Yo también lo echo de menos —le confieso—, muchísimo. Me gustaba cuando llegaba tarde a cenar y se sentaba a la mesa con ese aroma de galletas y barquillos impregnado en la ropa y en el pelo. Comentaba las noticias del día, los cotilleos del pueblo. Fregaba los platos tarareando alguna canción de Frank Sinatra y luego salía a leer al jardín, casi siempre la prensa o algún libro de arquitectura. Yo solía sentarme a sus pies, con la novela que me tuviese sorbido el seso en esos momentos, y él me acariciaba el pelo mientras los dos seguíamos con nuestra lectura.

Papá era siempre el de los planes a largo plazo, el planificador de viajes que nunca hacíamos, el soñador de las galletas de canela y azúcar que construía zapateros en su tiempo libre y diseñaba ampliaciones de la casa *pairal*. ¿Se imaginó que un día su mujer habría de desenterrar sus planos más secretos del cajón de los calcetines y hacerlos realidad en su memoria?

—Yo no quería venir aquí este verano. Tampoco vine el anterior, ni siquiera por Navidades. Tenía miedo de que, si volvía a la casa de los abuelos, me dolería tantísimo la ausencia de mi padre que ni siquiera podría respirar. Pensé que sería horrible estar de nuevo aquí, en su pueblo, en donde yo había sido tan feliz durante mi infancia.

—¿Y te sientes así de mal? —me pregunta preocupada.

—Pues no. Creo que acabo de darme cuenta de lo mucho que me gusta estar aquí, recogiendo té de roca contigo —le sonrío—. Y que echo tanto de menos a mi padre aquí como en Barcelona. Y que no deberíamos magnificar los recuerdos que tenemos de aquellos que ya no están porque corremos el riesgo de engañarnos hasta pensar que solo entonces fuimos felices, que solo aquellas personas nos amaban, nos comprendían y nos hacían sentir bien. Porque no es cierto. Tú y yo tenemos la suerte de que haya un montón de personas que nos quieren y se preocupan por nosotras, y que todavía están aquí. En estos días he entendido que el abuelo no era mejor ni me quería más. Simplemente había mitificado su ausencia y su recuerdo. Y ha sido aquí, en su casa, en sus paisajes, donde he empezado a comprender que nos sentimos tan solos como ciegos nos empeñemos en estar.

Respiro hondo. Me reconforta pensar en voz alta, pese a no saber hasta qué punto Anna puede entenderme.

—Pero también me da un poco de rabia que mis hermanos y la abuela no hablen de él. Como si se hubiesen olvidado —me quejo a mi sobrina.

—Cuando sabía que ibas a venir, el abuelo siempre salía a buscar té de roca. Si estaba aquí, lo acompañaba. Lo lavábamos, lo poníamos a secar al sol y lo guardábamos en el tarro azul de flores amarillas.

—Me encanta ese tarro.

—Te lo hice yo, tía Helena. En el colegio.

La miro conmovida por la sorpresa.

—¿Por qué no me lo habías dicho? ¿Por qué nadie me dice nunca nada?

—Tía Silvia dice que es porque no escuchas. —Se acerca a mí y desliza sus dedos largos en mi mano. Hace tiempo que tengo un nudo en la garganta y me cuesta respirar con normalidad—. Hablan delante de mí y de Miquel como si no estuviésemos porque creen que somos demasiado pequeños.

—¿Qué dicen?

—Pues tonterías. Como que la tía Silvia odia a Jofre, cree que no te merece. O que la abuela ha quitado todas las fotografías del comedor porque le recuerdan lo feliz que fue con el abuelo y lo triste que está ahora sin él.

Nos sentamos en una roca, todavía cogidas de la mano, con la bolsa de tela de mamá llena de pequeños brotes de té.

—Pero la tía Silvia se equivoca. Tú sí que escuchas. Solo que nadie habla demasiado contigo. Al principio, pensaba que no te contaban esas cosas porque tenían miedo de que te enfadases, como cuando la abuela decidió montar su escuela de cocina y reformó la casa. Pero no es por eso.

Miro las montañas azules, borrosas por la distancia, y mantengo un silencio prudente.

—No te cuentan algunas cosas porque no quieren disgustarte.

Me consideran frágil.

Si tengo que hacer caso de una niña de doce años que escucha a escondidas las conversaciones de los adultos, mi familia me excluye de sus confidencias porque creen que me causarían dolor; no porque hayan dejado de considerarme una de los suyos, no porque hayan dejado de quererme. Su silencio me excluye, me exilia a vivir en la tierra de los abandonados. Durante todos estos años de silencio de Silvia, de falta de preguntas de mi madre, de conversaciones enigmáticas con Xavier, he creído que apenas les importaba lo suficiente.

—¡Pero bueno! —protesto con un peso enorme sobre el corazón—. ¿Es que soy de cristal? ¿Es que soy la única que llora en esta familia?

Anna sonríe. Su brazo delgado y bronceado me rodea la espalda en un gesto tan inusual en una niña que me deja totalmente rendida.

—Yo también lloro. Lloré cuando murió el abuelo. Y cuando mis padres nos dijeron a Miquel y a mí que se separaban.

Le doy un beso en la cabeza, consciente de que por primera vez en mucho tiempo estoy siendo espontáneamente cariñosa. Anna huele a polvo de talco y a promesas de vainilla.

—Llorar no es algo malo —le digo—. No sé por qué todos tienen tanto miedo.

—Tía Helena…

—¿Sí?

—A mí tampoco me gusta el Juez Dredd.

Debería darme por ofendida, pero se me escapa la sonrisa. Mi sobrina me regala la sinceridad que sabe que los demás no han sido capaces de ofrecerme.

—Es guapo y eso —me dice muy seria—, pero tampoco habla contigo.

# El sueño de un hombre bueno

$\mathcal{M}$arc aparece sobre las once y media y toca el claxon hasta que me asomo por una ventana de la primera planta que da a la fachada principal. Está de pie junto a un todoterreno que en 1940 debió ser lo más en tecnología automovilística.

—No voy a subir a ese trasto —le digo muy seria desde la ventana.

—Va, no seas cobarde, tengo que enseñarte una cosa.

Se apea y se quita las gafas de sol. Lleva una camisa azul claro y unos vaqueros largos. Está tremendamente guapo esperándome ahí fuera.

—Vale, pues vamos en mi coche.

—Pero ¿qué dices? Ven aquí, pesada.

—No voy a ayudarte a empujar —le advierto.

Abre las puertas y, antes de volver a entrar en esa cosa con ruedas que en algún momento del siglo pasado fue un coche, me grita:

—¡Venga, Wendy!, ¿dónde está tu sentido de la aventura?

Bajo y cruzo deprisa el nuevo vestíbulo de mi madre. La ninfa me saluda radiante y yo tengo miedo a que las puertas automáticas no se abran a tiempo debido a la velocidad a la que me acerco.

Una vez fuera, rodeo el coche mirando desconfiada su matrícula medio caída, sus neumáticos despellejados y su chasis abolladísimo, oxidado, y entro sin tenerlas todas conmigo.

—Te prometo que aguantará un poco más.

—Más te vale. ¿Adónde vamos?

—A mi casa. Quiero que veas en qué he estado tan ocupado los últimos seis años.

Al girarme en el asiento —destripado y con trozos de espuma escapándose entre el cuero del respaldo— para ponerme el cinturón, distingo al señor Serra, que nos observa desde uno de los balcones del ala nueva.

—¿De quién te estás despidiendo? —me pregunta Marc cuando me ve mover la mano.

—De Eduardo Mendoza.

Marc sale del pueblo y toma una de las carreteras locales hacia el oeste. Conduce despacio para paliar el efecto de los amortiguadores de este carromato de la West & Fargo. Durante el trayecto, su voz acuna mi inquietud y acalla mis preguntas.

—Sabes que estudié toda la secundaria en Londres y después seguí los pasos de mi hermano y fui a la Universidad de Cambridge. Mis padres estuvieron viviendo con nosotros hasta mi último año de Ingeniería. Luego me puse a trabajar en una consultoría de aduanas y me casé con una pálida británica. Ambos pasábamos más tiempo en nuestros respectivos trabajos que en casa, así que al cabo de un año y medio de insípido matrimonio, ni siquiera me sorprendió cuando me presentó una demanda de divorcio. Se había enamorado de un compañero de su oficina. Se casaron una semana después de conseguir la anulación y creo que en otoño tendrán su tercer hijo.

—Uf.

—Sí, exacto, yo no lo habría expresado mejor. ¡Hay que ver la capacidad oratoria que tenéis los abogados hoy en día! —sonríe Marc sin apartar la vista de la carretera—. Por aquel entonces me encontré con un amigo de la universidad, un californiano encantador que se las apañó para convencerme de que me fuera con él a Estados Unidos. Su padre era un prestigioso viticultor que reclamaba un relevo generacional. Y allí nos presentamos, en Napa Valley, con ganas de aprender y de cambiar la corbata y el portátil por muchas horas de sol desriñonados sobre los viñedos.

—¿Te pusiste a hacer vino?

—Sí, aprendí todo sobre el arte de embotellar la ambrosía —me dice mirándome de reojo—. Desde la semilla, los esquejes y las plagas de las vides hasta la cata final, pasando por la vendimia, las barricas, los taninos y los envejecimientos. Estuve diez años trabajando con mi amigo en la extensión de viñedos más grande de toda California. Me casé con una de sus hermanas y fui feliz con moderación.

—¿Con moderación?

—No hay que tentar a los dioses, Helena —me riñe—. No existe la felicidad total y absoluta.

—Los abogados no lo permitiríamos.

Marc suelta una carcajada y me mira con algo parecido a la felicidad absoluta.

—Esto es un ingeniero que muere y va al infierno —me dice—. Evidentemente se trata de un error porque todo el mundo sabe que los ingenieros siempre vamos al cielo.

—Por supuesto.

—Bien, pues llega al infierno y allí Satán lo recibe por todo lo alto, lo acomoda en su nuevo hogar y lo pone a trabajar, feliz de tener por fin un ingeniero para él solo.

En poco tiempo automatiza el control de temperatura del infierno, instala programas informáticos de pautas e intensidad de torturas y castigos, pone escaleras eléctricas y ascensores hidráulicos para visitar los distintos niveles del averno, implementa la ISO 9000... Total, que Satanás está encantado. Pero cuando una tarde Dios baja a hacerle una visita para charlar un rato (ya sabes que la eternidad se hace muy larga y en algo hay que ocupar el tiempo), se apercibe de lo bien acondicionado que está el infierno. «No puede ser —se enfada Dios—. Devuélveme al ingeniero. Está aquí por un error administrativo: los ingenieros, cuando mueren, siempre van al cielo.» «No pienso hacerlo, estoy encantado con él», dice Satanás. «Pues atente a las consecuencias. Te demandaré», le amenaza Dios. «¿Ah sí? —le contesta Satanás—. ¿Y de dónde piensas sacar un abogado?»

—Jaja. Muy gracioso.

—¿De verdad has estado todo este tiempo en MAC?

—Sí, pero no en primera línea. Me desenvuelvo mejor en las salas de reuniones, y buscando detalles legales y precedentes, que no en los juzgados. Ahora no vayas a imaginarme como una especie de Tom Cruise en *Algunos hombres buenos* —le explico—. Pero estábamos hablando de ti, ¿qué pasó en California?

Marc me describe la empresa familiar de su amigo; el equipo de expertos que le enseñaron todo lo que sabe sobre viticultura y enología; la vida con su esposa americana, casi del todo sustentada sobre su pasión común por los viñedos. A lo largo de los años, Marc fue pasando por todos los eslabones de la producción y volvió a la universidad para estudiar las últimas técnicas agrícolas, enología y cata.

Pese a que sigue atento a la carretera, puedo ver el brillo evocador de sus ojos grises sobre un tiempo en el que fue feliz al otro lado del océano. Puedo imaginarlo con la camisa arremangada, discutiendo con pasión a pie de zanja con los recolectores, moderando el riego del sistema con sus fuertes manos, su curiosidad insaciable en los laboratorios de la bodega.

—¿Y qué falló? —pregunto. Me extraña que se cansase de una aventura semejante, en la que cada añada debía suponer un nuevo desafío.

—Me entró la nostalgia. Así, de repente, en medio de una cosecha de chardonnay. Supe que había tocado techo, que a partir de entonces no haría más que repetir patrones y que, por mucho que me gustase experimentar con las cosechas y los tiempos de barrica, no dejaba de pensar que en casa había degustado los mejores caldos. Seamos sinceros, Helena: ni franceses, ni italianos, ni australianos ni californianos; la verdadera esencia del vino siempre ha estado en esta tierra.

—Al césar lo que es del césar.

—Negocié duramente con mi amigo. Como abogada de MAC estarías orgullosa de mi capacidad de regateo. Y conseguí cruzar el océano de vuelta con doscientas cajas de esquejes de vides californianas, material vinícola de tecnología punta, una demanda de divorcio y el bagaje necesario para montar mi propia bodega. Y... aquí estamos.

Marc detiene el coche con un doloroso quejido de su espantoso freno de mano y me invita a mirar alrededor. Veo la casa de su familia restaurada con cariño, pintada de un luminoso color pollito. Pequeña y acogedora, preside una extensión de viñedos impresionante a ambos lados del camino principal.

—¡Has plantado aquí las vides!

—Hace siete años. Y, por primera vez, están listas para convertirse en mi primera añada.

—Pero... ¿aquí? ¿A los pies de las montañas? ¿Con las temperaturas invernales, con la nieve y las heladas?

No entiendo nada de viñedos ni de cosechas, pero sé que en Serralles y sus alrededores no hay ninguna bodega de vino. Ni siquiera tenemos una denominación de origen cercana.

—Sí, soy el único loco por estas tierras, contra todo pronóstico —suspira.

Bajamos del todoterreno y un golden retriever adulto se lanza sobre nosotros. Ladra alegremente y mueve su cola, feliz por el regreso de su amo.

—Este es Samsó.

Me agacho junto al labrador para acariciarlo a placer y dejar que me lama las palmas de las manos.

—Hola, Samsó.

—Samsó, muchacho, esta es mi Helena —le dice Marc agachándose junto a nosotros y participando de las caricias—. Tendremos que vigilarla de cerca, no vaya a ser que se nos vuelva a escapar. Tiene los pies ligeros.

Samsó ladra a modo de respuesta y sale corriendo por donde ha venido.

—Ven, te enseñaré todo esto.

Rodeamos la casa mientras Marc me explica la procedencia de las cepas —californianas, francesas y autóctonas—, el método de cultivo, el tipo de uva y el vino que tiene en mente.

—Syrah, cabernet sauvignon y cariñena —me dice pensativo.

Entre sus labios, las palabras se escapan como un conjuro mágico capaz de hacer brotar de la tierra las uvas requeridas.

Las vides forman en orden entre caminos de tierra amarilla y guijarros oscuros, se pierden más allá de la vista en el aire limpio de la mañana. Sus sarmentosos dedos retorcidos juegan escondidos entre las hojas verdes y abiertas, salpicados por racimos de uva dorada. Un mar de ondeantes viñedos expuestos al sol estival.

—¿Cuándo es la vendimia?

—La semana que viene.

Me extraña la profunda nota de desesperanza de su voz.

—No puedo seguir con esto —me dice repentinamente cansado.

—Pero ¿qué dices? ¿Después de todo lo que me has estado explicando? ¿Después de estos siete años trabajando como una bestia?

Marc suspira, sus ojos se han oscurecido de tristeza, perdidos entre las hileras de sus vides.

—Helena, cuando nos encontramos el otro día, venía del ayuntamiento, de que me negaran por quinta vez una subvención. Estuve en Barcelona, peleándome con los del banco; no van a concederme otro préstamo ni una prórroga más. Estoy total y completamente arruinado.

»No tengo ni un euro para pagar al personal que haría falta para recoger las uvas, para prensar el mosto, para preparar las barricas. No tengo dinero ni para los permisos necesarios, ni para comprar las botellas o diseñar el etiquetado. Ni siquiera sé cómo voy a comer el mes que viene.

—Pero las uvas están ahí, tiene que haber alguna manera…

—Lo he intentado todo. Llevo dos años intentándolo. Tenía un buen capital de inicio, pero siete años sin ingresos me han superado y mis otros pequeños proyectos han resultado de poca ayuda. Pensé que podría llevar mi sueño hasta el final, pero ya ves, me ha vencido algo tan prosaico como el dinero.

—Tengo algo ahorrado y el finiquito de MAC…

Marc se acerca y acuna mi cara entre sus manos ásperas de viticultor.

—No, Helena.

—Pero esto…, esto es magnífico —digo desasiéndome de sus manos y abarcando con un gesto de mi brazo la extensión del viñedo—. No deberías rendirte ahora.

—Está en venta. Tengo una buena oferta de una bodega francesa. Lo venderé y empezaré de nuevo en cualquier otra parte.

—No. Te equivocas, Marc. Esto merece la pena.

—No es la primera vez que tengo que empezar de cero. No me asusta.

—Lo sé. Y lo harás bien, eres un superviviente —lo tranquilizo—. Pero quizás deberías luchar aquí un poco más.

—¿Un poco más? ¿Hasta cuándo?

—Hasta el final.

Él niega despacio, vencido.

—Pensé que eras como Silvia —le digo.

—¿Como tu hermana?

—Un guerrero inasequible al desaliento. Alguien que no se da por vencido pese a que las probabilidades de ganar la batalla sean bajísimas. Un soldado capaz de mantenerse en pie, contra el viento y la tempestad, por la fuerza de voluntad de su rabia. Y también de la paz de conciencia que produce el saber que se está luchando por algo que de verdad merece la pena. Hasta el último aliento.

Le doy la espalda y contemplo las largas hileras sarmentosas fruto del esfuerzo y la ilusión de tantos años. Es entonces —pese a mi alegato de abogada— cuando comprendo la fragilidad de nuestros sueños, incluso los de alguien tan fuerte como Marc, que hunde los pies en la tierra de sus padres como las raíces de los castaños y los robles que delimitan nuestro territorio, nuestro refugio infantil junto al río. Daría cualquier cosa porque este hombre bueno, que me ha sido devuelto en el verano más extraño de mi vida, embotellara su primera cosecha a los pies de los Pirineos.

—¿De verdad vas a rendirte ahora? —susurro mientras echo a andar para alejarme de él.

Me adentro por uno de los estrechos caminos entre las vides, hipnotizada por el canto de los gorriones y el chirrido de los grillos a lo lejos. Huelo a aguja de pino, al romero y el espliego que crecen en las rocas más bajas de la montaña. Huelo a fruta madura, a limón, a uva y al polvo de este sendero amarillo trufado de guijarros.

Me alejo de la casa, rozando con la punta de los dedos alguna hoja alta de esa extensión verde y dorada. Cuando me doy la vuelta, el sol me hace entrecerrar los ojos y una ligera brisa me besa las mejillas. No hay rastro de nubes en las alturas ni miedo en mi corazón de desterrada.

Marc tiene la vista fija en mí aunque se ha quedado cerca de la casa. Somos dos figuras empequeñecidas por la inmensidad del paisaje.

Me llevo la mano a la cabeza y me deshago de las horquillas. La melena cae sobre mi espalda. Como el pelo demasiado largo de mi tiempo de exilio, de mis veranos de infancia. El tiempo se detiene.

Marc echa por fin a andar espoleado por una urgencia inesperada. Llega hasta mí en pocas zancadas y con infinita delicadeza vuelve a tomar mi cara entre sus manos de agricultor impaciente. Me besa. Sobre nuestras cabezas, solo el cielo dolorosamente azul.

Siento sus labios sobre los míos, cálidos y decididos. Entreabro la boca, lo recibo, le devuelvo el beso, me abandono. Y deben transcurrir apenas unos segundos pero yo siento toda una mañana de luz perfecta con los ojos cerrados...

Volar era esto.

Me separo de Marc antes de abrir los ojos. Con su olor todavía presente, las puntas de mis pies sosteniéndome un palmo por encima de la tierra amarilla, echo a correr en paralelo a las viñas, en dirección a la casa. Traspaso el porche de madera y piedra y sigo hacia la carretera de entrada. Samsó me ladra desde el umbral una despedida apresurada.

—¡Espera! —me grita Marc cuando consigue recuperar el aliento que nos ha robado el beso.

Sigo corriendo carretera arriba, sin pararme a pensar que me separan más de diez kilómetros de Serralles. No tengo planes, quizás haya decidido ir volando, ahora que por fin he aprendido, después de estos largos años.

—Espera, Helena —dice alcanzándome.

Me pone una mano sobre el brazo y me vuelve hacia él. No soy capaz de mirarlo.

—Has estropeado todo el drama de mi mutis por el foro.

Me suelta como si el contacto de la piel desnuda de mi brazo contra la palma de su mano le quemase, convencido de que no voy a volver a salir corriendo por el momento.

—Lo siento, no quería hacer esto —se disculpa—. No me refiero a besarte, eso no..., eso sí que quería hacerlo. Pero es que todo era tan...

—Desesperadamente perfecto —le digo. Y naufrago en esos ojos grises como en el prólogo de *Noche de Reyes*.

Él asiente, más tranquilo. Estamos tan cerca el uno del otro que podríamos ponernos a bailar. Se inclina sobre mí, me aparta un mechón de la cara y habla solo para mí, como cuando éramos pequeños y volvíamos a encontrarnos después de tantos meses separados.

—Entre este maldito cielo y los viñedos… —susurra con voz ronca—. Eres lo más hermoso que he visto nunca.

Trago saliva con dificultad, me agarro a un madero flotante en medio de la tempestad, doy un paso atrás y me coloco el mechón tras de la oreja.

—Salir de escena con cierto dramatismo habría estado bien. Pero es mediodía y me gustaría que me llevaras de vuelta a mi casa en eso a lo que tú llamas coche.

—Claro —me dice algo desencantado.

Porque ambos sabemos que ya hemos llegado a casa.

## El camino de regreso a casa

No se me ocurre un mejor refugio para las almas atribuladas que La biblioteca voladora. Apenas a una calle de distancia del corazón de Serralles, el pequeño establecimiento regentado por Jonathan Strenge me resulta un oasis fantástico en donde nada malo puede ocurrir.

—Hola —saludo tras traspasar la puerta verde de Bolsón Cerrado.

Strenge aparece de detrás de una estantería con un plumero en la mano y un delantal blanco de puntillas violetas perfectamente anudado alrededor de su escuálido cuerpecillo de roedor.

—Hola, querida —me saluda encantado de verme.

—Ayer no pude pasar, lo siento.

Él hace un gesto para restarle importancia y se apresura a quitarse el delantal.

—Es la hora del té —me asegura.

—Le traía un bizcocho de frutas de parte de mi madre, elaborado por su clase de esta mañana. Pero lo he tirado en la papelera de ahí fuera.

—¿Qué es esa barahúnda insoportable?

—Me temo que unos gatos callejeros lo han encontrado.

—Suenan como si estuviesen llorando.

—Si supiera lo que son capaces de hornear los alumnos de mi madre, lo entendería —le digo mientras acerco una silla al mostrador y él desaparece en busca del té—. Le he comprado unas galletas.

—Oh, gracias, querida. No tendría por qué haberse molestado.

Cuando estamos cómodamente instalados, con el mostrador entre ambos y nuestras respectivas tazas de humeante Earl Grey, rompo el celofán que la protege y le ofrezco la caja abierta a Jonathan Strenge.

—Estas galletas han sido fabricadas por la familia de mi padre desde hace casi un siglo.

—Tienen un aspecto magnífico.

—Ahora las hacen en Francia, pero creo que la receta sigue siendo la original de mi padre y sus hermanos. Mis favoritas son las de avena y chocolate —le confieso.

El librero escoge con cuidado una galleta de limón, le da un delicado mordisco y me sonríe.

—*Excellent!* —exclama.

—¿Qué quería enseñarme el otro día? —le digo tras un rato de silenciosa camaradería.

—Pues lo he olvidado por completo, tendrá que disculparme. —Y levanta uno de sus delgados dedos índices—. Pero ya han llegado los ejemplares de la novela de su hermano que encargué. Los voy a colocar justo en ese aparador.

—Es usted muy amable, pero no creo que venda demasiados.

—Quizás llamen la atención de los veraneantes de la ciudad. Xavier Brunet es muy famoso, un superventas, como dirían ustedes.

—Sí, lo es. Es muy comercial. Pero eso no le quita

mérito —lo defiendo—. Xavier es un buen escritor. Incluso los críticos más apocalípticos con los *best sellers* le reconocen la calidad de su trabajo.

—Oh, no lo pongo en duda, querida. Me fío de su buen criterio.

—Yo no tengo de eso, Jonathan —me río.

—Le sorprendería las cosas tan extrañas que se pueden aprender durante el verano.

—En eso le doy la razón, mi verano está resultando extrañamente… revelador.

—¿Qué ha descubierto?

—Que no importa lo lejos que corras a esconderte, la vida acaba por encontrarte. Y que pensaba que al venir aquí iba a casarme con la única persona a la que amaba. Pero me he encontrado con un puñado de personas a las que verdaderamente amo y con las que no voy a casarme.

—Ah, sus planes… Alguien le ha desbaratado sus planes.

—Puedo empeñarme en no escuchar y seguir adelante con ellos.

—¿Es eso lo que le dice su conciencia?

—No, los abogados tampoco tenemos de eso.

—Pero usted no es abogado.

—Ya no.

—No, no me entiende. Usted no es abogado cuando entra aquí, en La biblioteca voladora.

Me deja desubicada y me aferro con cuidado a mi taza de té. Me he comido tres galletas de avena, he dicho en voz alta que me he vuelto a enamorar de mi familia y siento que soy capaz de rozar la felicidad más absoluta con la punta de los dedos si me permito pensar en un solo beso.

—Cuando traspasa esa puerta —me dice Jonathan

con su mejor vocecita de ratón inglés sabelotodo—, usted solo puede ser una cosa: una lectora. Todos los lectores tienen conciencia y la suya le está gritando que deje de ser tan cabezota.

—Anoche, mi hermana Silvia...

—Ah, tiene otra hermana...

—Sí, pero esta no le gustaría, créame, le daría una paliza por tener libros de papel no reciclado e ilustraciones con tinta de países vulneradores de los derechos humanos y cómplices de la explotación infantil.

—Oh —se asusta el librero.

—Silvia me decía anoche que debería aprender a escuchar a mi corazón. O algo así.

—Eso está bien.

—Jonathan, mi corazón no dice más que tonterías. Por eso tenemos un cerebro. Incluso los lectores y los abogados. Y ahora que he perdido las pocas certezas que tenía en mi vida, ¿qué me queda? Si cierro con fuerza los ojos y me agarro al último cabo firme que me queda de todo lo que he construido durante estos años, quizás salve algo del naufragio.

—¿Algo que valga la pena?

—He perdido la certeza de mis recuerdos, un empleo por el que lo he dado todo y el convencimiento de que mi familia me había abandonado y no me quedaba más remedio que formar la mía propia... con el Juez Dredd.

—Él representa ese faro en la tormenta ahora que algunas cosas están demostrando ser distintas a lo que usted creía —me apunta Jonathan con amabilidad.

—Ojalá fuese mi roca inmutable —digo en voz muy baja—. Ojalá fuese mi Heathcliff. Pero mucho me temo que esto no es *Cumbres borrascosas*.

—¡Pero sería usted una magnífica Katherine!

—Y, sin embargo, por primera vez en mi vida, me he dado cuenta de que podría volar.

—Creo que necesita que la deje un tiempo tranquila —concluye el propietario de La biblioteca voladora apurando los restos de su taza—. Coja el libro con el que la vi el otro día y regálese unas horas de lectura. No la molestaré.

—Es este estúpido verano, ¿sabe? —le confieso con lágrimas en los ojos—. Yo solía ser una persona coherente. Y ahora hasta me gustan mis sobrinos. Tienen doce y seis años. ¿Se lo puede creer?

El ratón toma una de mis manos entre las suyas y me mira con algo parecido a la ternura.

—Incluso los lectores de Tolstói necesitan un tiempo en compañía de Carroll.


El resto del día transcurre tranquilo, sin sobresaltos. En casa, Silvia y los niños duermen la siesta y pasan la tarde en el parque de la plaza. Mamá se ha hecho invisible hasta las siete y Xavier sigue encerrado en su cuarto escribiendo. Ayudo a Jonathan a cerrar La biblioteca voladora y vuelvo a casa a tiempo para una cena rápida: pan de payés tostado a la leña con tomate y aceite, quesos y embutidos. Todos parecen razonablemente felices alrededor de la mesa y me resulta sencillo permanecer callada, escuchando sus risas, sus ocurrencias infantiles, sus guiños cariñosos. Pese al poco tiempo que hace que compartimos techo, se nos han acompasado las rutinas y los gestos con una naturalidad que solo se da a fuerza de cariño y nostalgia.

Después de cenar, me quedo fregando los platos y recogiendo la cocina, mientras los demás suben al salón grande con la promesa de juegos y buena lectura. Cuando termino subo a la habitación a por una chaqueta y me detengo antes de cerrar las ventanas. Fuera la noche está cargada de perfume, del arrullo veraniego de las aves y los insectos que despiertan con la caída del sol, de la promesa de las primeras brisas nocturnas de la montaña.

Bajo de nuevo a la cocina y salgo al jardín con un libro entre las manos y el anhelo extraordinario de los malvados jazmines bailándome en el pecho. Desde allí oigo a mi familia reír y discutir. Me siento en uno de los bancos de mimbre, me descalzo y contemplo el cielo estrellado antes de respirar hondo y volver la mirada a mi lectura. He vuelto a olvidarme de preguntarle a Silvia por la lluvia de estrellas.

—No sabes lo que me ha costado llegar hasta aquí.

Marc se acerca, atribulado, alcanza uno de los sillones de mimbre que alguien ha abandonado bajo las glicinas y se sienta frente a mí. El jardín resplandece con suavidad en una noche sin grillos.

—Tus sobrinos se han empeñado en hacerme jugar una partida de Mario Party. Tu hermana Silvia me ha sometido a un severo interrogatorio sobre mi currículo profesional y la procedencia del abono de las vides. Tu madre me ha dado recuerdos para todo mi árbol familiar, incluso para algunos miembros a los que ni siquiera yo conozco. Y he tenido que tomarme un whisky con Xavier y escuchar su teoría sobre la influencia del romanticismo en los realistas del siglo XIX hasta conseguir sonsacarle dónde demonios estabas.

Está tremendamente guapo bajo el juego de lucecitas de Navidad y la sombra danzante de las glicinas. Temo que caiga preso del hechizo de los jazmines pero, por lo que parece, Marc siempre ha sido reacio a cualquier coacción botánica.

—Y cuando bajaba hasta aquí, me he topado con un señor...

—Eduardo Mendoza.

—Sí, ese mismo —contesta distraído—. Que decía ser incapaz de encontrar la libreta en la que tomaba apuntes durante sus clases de cocina. Me ha tenido buscando por recepción como unos diez minutos antes de darse cuenta de que la dichosa libreta estaba en su bolsillo, junto a los bolígrafos que le ha tomado *prestados* a tu madre.

Xavier escoge justo ese momento para irrumpir en el jardín con una botella en la mano y un vaso de cristal tallado lleno de cubitos de hielo en la otra.

—Ah, el joven Paris... —suspira traicionado, él sí, por los jazmines justo antes de volver a irse por donde ha venido.

—¿Ves lo que te decía? Es muy difícil llegar hasta ti.

—¿Has venido para raptarme de entre los brazos de Menelao?

—¿Por qué no me dijiste que vas a casarte, Helena?

Se me congela la sonrisa en los labios y la voz en la garganta.

—Me lo ha dicho tu madre antes, como de pasada, como si ya tuviese que saberlo, como si estuviese invitado a la boda.

—No lo sé —le detengo antes de que siga por caminos espinosos—. Hacía tanto tiempo que no nos veíamos, teníamos tanto que contarnos, que preguntar sobre el otro... Y luego me hablaste de tu proyecto vinícola, de las dificultades...

—De mi ruina.

—Y cuando estábamos allí, en la finca, entre todas esas uvas, en ese paisaje de cuento...

—Te besé.

—Habría podido volar.

Marc se levanta, rodea la mesita que nos separa y se acuclilla ante mí con las manos firmemente sujetas a los brazos de mi sofá.

—No voy a escaparme —le digo.

—No estoy seguro de eso —mascalla muy serio.

—No sabía cuándo iba a decírtelo, se me olvidó.

—¿Se te olvidó que ibas a casarte?

—Sí. No. No lo sé. Estábamos hablando de nosotros, de nuestros recuerdos. De ti. Quería saber más de ti, de lo que habías hecho, de dónde habías estado durante todos estos años. Me he dado cuenta de lo mucho que te he echado de menos, de todo lo que había perdido por culpa de mi manía de desechar los buenos recuerdos y vivir en el presente a cualquier precio.

Marc suaviza su expresión, me coge de las manos y nos ponemos en pie. Los jazmines se ríen de mis piernas temblorosas, del anhelo de mis labios, del abismo que se abre justo por encima de la boca de mi estómago.

—¿Qué habría cambiado si lo hubieses sabido?

—Todo —contesta masticando la palabra—. Nada.

Busca en el fondo de mis pupilas la seguridad de hallarse junto a la Helena que le presentaba batalla sobre las arenas blancas de la orilla del arroyo; porque ambos sabemos que la otra —la Helena adulta que pensó llegar intacta a Serralles apenas unos días antes— ya no nos sirve ahora. Me atrae hacia él en un gesto firme, sin posibilidad de huida, y me abraza fuerte.

—Durante todos estos años me he mentido a mí mismo y he mentido a los demás. He hecho daño a personas que me querían con sinceridad. Y he sido castigado por ello. —Rescatador de los restos de mis naufragios, Marc respira acompasadamente y acaricia mi pelo—. Te he querido siempre —pronuncia con voz ronca—. Lo sabes, ¿verdad? Me he condenado a esta vida sin ti, convencido de que acabaría olvidándote. Sin ponerme en contacto contigo, huyendo del pueblo cada vez que intuía que tú estabas. Con miedo de encontrarte al girar una esquina de piedra y descubrirte feliz de la mano de otro. Porque pensaba que era demasiado tarde y porque te conocí demasiado pronto.

Se me escapa un sollozo. Ni siquiera recuerdo cuándo fue la última vez que alguien me dijo que me amaba. Y después otro. Para cuando él me deja ir, estoy llorando con tanta desesperación que apenas veo entre mis lágrimas más que las borrosas lucecitas navideñas de mi hermana Silvia.

—Ahora sé que te he querido sin paréntesis, sin períodos de tiempo. Desde la primera vez que te vi sola sentada en la fuente, con tu pelo de princesa de cuento recogido en dos coletas y tu vestido amarillo de tirantes de niña buena. El primer verano en el que comprendí que ibas a ser protagonista de todas mis aventuras.

—Me regalaste un mundo —recuerdo entre lágrimas.

Un niño solo, de pelo despeinado y rodillas repletas de costras y moratones. Un niño de alma generosa e inquieta que fue capaz de cruzar la plaza bajo el sol tremendo del mediodía y sentarse a mi lado para arrullarme con su voz —mi faro en la tormenta— la primera de un millón de veces.

—Te acuerdas —afirma desde la otra punta del jardín.


Horas después, noto en mi hombro una mano firme que me sacude con suavidad.

—Helena —me susurra Xavier—. Ve a dormir.

Abro los ojos. Sigo en el jardín de las Hespérides, acurrucada en el sofá de mimbre, aterida por el cambio de temperatura nocturno, con los ojos hinchados y el cerebro piadosamente desconectado.

Podría haber sido un sueño. Pero no lo es.

# La vida imita el arte

Sueño con un bosque de glicinas y manzanos. La luz del sol se cuela juguetona por entre sus ramas y, cuando atravieso la espesura, se me hunden las piernas hasta las rodillas en un inmenso mar de viñedos maduros.

Me despierto tarde y me cuesta salir de la cama. Hoy no tengo planes, excepto escapar del dolor persistente de las mentiras que he dejado de contarme.

En camisón, descalza, me echo al hombro mi toalla favorita —mullida, enorme, amarilla con flores rosas— y voy hasta el baño que comparto con Silvia. Abro la última puerta del pasillo con decisión, porque no está echado el cerrojo, y está lleno de vapor, hace calor y huele bien, a jabón Babedas. Me encuentro con un impresionante vikingo de casi dos metros completamente desnudo, recién salido de la ducha, su corta melena rubia goteando por los músculos de su pecho como en una de esas turbadoras portadas de novelas de *highlanders*. Sus ojos azules me miran con el habitual mal humor que me reserva desde que entré en su tienda. Odín salve a sus guerreros.

En algún lugar procedente de las espectaculares espaldas del magnífico Vanir —no soy capaz de ver más allá de ese portento de la naturaleza escandinava— oigo gritar a mi hermana:

—¡Helena! ¡Está ocupado!

Creo que la voz de la valquiria procede del interior de la ducha.

—Disculpad.

Inicio mi retirada con la intención de dejarles la intimidad que precisan pero me dejo llevar por un impulso.

—Espero tener un buen descuento en los ramos de malvaviscos modificados.

—¡Helena! —grita mi hermana.

Salgo del baño y me entra la risa. Una risa que se descontrola a medida que recorro el pasillo hacia el otro cuarto de baño. A medio camino, necesito sentarme en los escalones que bajan a la planta principal porque tengo los ojos llenos de lágrimas y las piernas flojas.

Xavier se asoma al hueco de la escalera, atraído por mis carcajadas. Sube y se sienta a mi lado.

—Hay un vikingo desnudo en mi cuarto de baño.

—Pues se han terminado las magdalenas, no sé qué vamos a darle para desayunar.

—¿Magdalenas de verdad o han salido de las clases de mamá?

Xavier me mira con aprobación fraternal. Sé que le gustan mis pies descalzos sobre el suelo de madera vieja y mi pelo revuelto de las horas de sueño.

—Entra en mi cuarto de baño. Te invito… —me dice poniéndose en pie y mirando su feísimo y enorme reloj de pulsera—, a estas horas te invito a un *brunch* en los pórticos de la plaza. Te espero en la cocina.

—Hoy los habitantes de Serralles se quedan sin flores —murmuro sin quitarme la sonrisa mientras voy hacia su baño.


Sobre las doce y media —de nuevo bajo un cielo lleno de sol y vacío de nubes— mis sobrinos, mi hermano y yo estamos sentados en una de las terrazas de la plaza del ayuntamiento. Nos ampara la sombra de los soportales y una jarra enorme de limonada casera. Los cuatro nos dedicamos a masticar con entusiasmo nuestros bocadillos calientes de lomo, beicon y queso.

—La abuela podría enseñar en su escuela a hacer bocatas como este —dice Miquel con la barbilla llena de aceite.

Está guapísimo con su pelo rubio y brillante bajo esta luz de mediodía. Tiene los mofletes redonditos, algo colorados por el movimiento de sus mandíbulas. Sus dientecitos blancos, perfectos, asoman con cada nuevo bocado.

—No se habla con la boca llena —le riñe su hermana.

Anna luce su melena castaña suelta sobre una camiseta blanca y lleva unos vaqueros oscuros. Silvia le ha prestado unos pendientes de odalisca que acarician sus mejillas cuando mueve la cabeza.

—La abuela nos va a echar un buen rapapolvo cuando llegue la hora de la comida y nosotros le digamos que no tenemos hambre —sentencia Xavier.

—Pero es que nos pone esas sobras que hacen en las clases —se queja el niño.

—No son sobras. —Se me escapa la risa—. Son los mejores platos que han cocinado ese día.

—¿Los mejores?

—Mamá me ha llamado esta mañana —le dice Anna a su padre—. Le he dicho que lo estábamos pasando bien pero que la echamos de menos.

—Siento que tengáis que quedaros… —me disculpo.

—No, no pasa nada —Anna me sonríe—. De verdad que lo estamos pasando bien. Y es tu boda.

—Hacía tiempo que no estábamos todos juntos —interviene Xavier—. Yo también estoy a gusto.

No existe la felicidad absoluta pero son estos pequeños momentos felices —aquí, comiendo un bocadillo de lomo junto a dos niños extraordinarios y un adulto chiflado— los que hacen que valga la pena la rutina de nuestros días.

Sirvo un poco más de limonada en los vasos de los niños, que se van un rato a los columpios, y se me pierde la mirada hacia la fuente donde se enredan mis recuerdos.

—¿A quién buscas? —pregunta mi hermano.

—A Paris —le sonrío.

Me apetece compartir con Xavier parte de lo que me ha cambiado en estos últimos días. Le explico el proyecto vinatero de Marc y sus penosas expectativas.

—Entonces se ha rendido —resume.

—Sí, eso parece.

—¿Y qué va hacer? Le imagino paseando entre sus viñas, con el crepúsculo.

—Y con su perro.

—¿Tiene perro?

—Un golden retriever muy simpático, se llama Samsó.

—Mejor entonces. Le imagino paseando, en el crepúsculo, con la única compañía de su fiel Samsó. A su alrededor las uvas maduras, llenas, dulces, se agostan con el paso de los días, hasta pudrirse en sus racimos y perder el oro viejo de su plenitud. Y con los primeros días de otoño, los sarmientos resecos, ennegrecidos, elevarán sus ramitas al cielo, testigos de la infamia de haberlos dejado morir.

—¡Oh, por todos los dioses! Deja de leer a Coleridge.

Xavier se ríe, apura los restos de limonada de su vaso y se despereza a placer como un gato mimado, uno que hubiese estado leyendo poemas de Coleridge durante las noches de invierno.

—Pues me gustaría convertirme en socio capitalista.

Siempre he querido ser empresario y una bodega me parece de lo más romántico —se ofrece con generosidad tras su arrebato poético.

—Sospecho que no se trata de eso, yo también le ofrecí correr con los gastos de la vendimia. Creo que Marc está en un punto… Creo que está cansado, que ha pasado solo demasiado tiempo. Necesitará capital, por supuesto, pero antes necesita un gesto, no sé, un empujoncito.

—¿Y en qué estás pensando?

—¿Cómo sabes que se me ha ocurrido algo?

—Porque estás mucho más guapa cuando tienes un secreto —bromea—. Se te ponen los ojitos brillantes y se te olvida recogerte el pelo.

—¿Vas a ayudarme o no?

Xavier inclina la cabeza, burlón, en una parodia de reverencia y se pone serio.

—A sus órdenes, mi reina —me dice algo lúgubre—. Primero lo convencemos de seguir adelante y luego lo obligamos a aceptar el dinero.

—Ahora pareces un Corleone.

—La vida imita el arte, Helena.

—Al revés.

Es cierto que tengo una idea, el germen de una, al menos. Pero todavía no sé cómo llevarla a cabo, si será posible o —lo más importante— si será suficiente para devolver la luz a esos ojos grises que acechan cada uno de mis pensamientos desde hace un días.

—Sabes que está loco por ti, ¿verdad? —interrumpe Xavier mis maquinaciones.

Le dedico mi expresión más enigmática, pero debe parecerle un poco alelada porque mi hermano empieza a dudar de mi memoria a corto plazo.

—Marc —me aclara—. Está enamorado de ti. Siempre lo ha estado.

—¿Por qué dices eso?

—No hace falta tener la sensibilidad morbosa de un lector de Blake o la capacidad de observación de un escritor de mi calibre —me explica con modestia— para darse cuenta de cómo te mira; de cómo te cogía de la mano y tiraba de ti, verano tras verano, para que lo acompañases. Qué importaba dónde estaba la cruz que marcaba el tesoro si él ya tenía su joya más valiosa a su lado. No existía tramontana capaz de desasir su mano de la tuya.

—¿Por qué siempre soy la última en enterarme de las cosas importantes? ¿Por qué nadie nunca me explica nada?

—Hay cosas que no se explican, Helena. Se aprenden.


Por la tarde acompaño a mamá a preparar una de sus clases antes de que lleguen los alumnos.

—No he visto a Silvia en todo el día —se extraña mi madre.

—Está ocupada. Evitando el *ragnarok*.

—Siempre con sus preocupaciones por la ecología. No descansa nunca.

Disimulo una risita tonta convirtiéndola en un carraspeo y saludo al señor Serra/Mendoza, que entra en la clase un cuarto de hora antes del inicio.

—Buenas tardes —saluda él con cierta tristeza—, he vuelto a equivocarme de clase.

—No pasa nada —le tranquiliza mi madre—, en unos minutos empezamos.

—Señor Mendo…, Serra, señor Serra —le digo tomando asiento junto a él en uno de los pupitres—. ¿A qué se dedicaba antes de jubilarse?

—Ah —suspira feliz dejando que sus ojos se iluminen por primera vez desde que lo conozco—, era monitor de esquí.

Ahora es mi madre la que tiene que disimular un acceso de risa con un magistral simulacro de tos.

—Bueno, estos últimos años ya solo llevaba la organización de los turnos, las pistas y la tienda de alquileres de equipo y *fortfaits*, y todo eso.

—Vaya —me lamento—, tenía la esperanza de que sabría algo de vendimias.

—Lo siento, no tengo ni idea de vinos.

—Pero sí de tratar con las personas —pienso en voz alta—. Quizás, usted, si tuviese tiempo, podría echarme una mano.

—Si hay algo que tengo a estas alturas es tiempo —me interrumpe muy animado—, pese a lo mucho que suelo perderlo intentado recordar dónde están las aulas y los cuartos de baño de esta casa.

Cito al señor Serra en la recepción cuando termine su clase para ponerle al corriente de mis maquiavélicos planes y acompaño a mi madre hasta la planta baja para imprimir la lista de asistentes a esa clase.

—Es bonito eso que has hecho —me dice cogiéndome de la mano mientras bajamos las escaleras—. Eso de darle algo en lo que pensar al señor Serra. Por cierto, ¿qué le vas a proponer?

—Creo que puede ayudarme en una cosa.

—No, cariño —asegura besándome distraída en la frente antes de darme la espalda para irse a hablar con la ninfa prodigiosa—, eres tú quien lo ha ayudado a él.

Desentierro el móvil de entre mis calcetines de colores y llamo a Jofre. De pronto su existencia se me antoja tan irreal —desde aquí, en medio de este cielo terrible y el acecho de los jazmines— que tengo la necesidad de confirmarme que un día, no hace tanto, tomamos la decisión conjunta de compartir el resto de nuestras vidas.

—Hola —contesta parco al otro lado de la línea.

—Jofre, ¿por qué nunca nos decimos palabras de cariño por teléfono?

—Hablamos poco por teléfono. Estamos ocupados —contesta sin inmutarse por mi inesperada pregunta.

—Pero es que tampoco hablamos en persona. Ni hacemos el amor, ahora que lo pienso.

—¿Me has llamado para discutir sobre nuestra vida sexual?

—Deberíamos hacer el amor en la ducha.

—Esa es una idea espantosa.

—Sí, quizás sí. No quedarías tan bien como el vikingo de Silvia. Tú eres más bien tirando a mensajero persa, como mucho.

—Helena, tengo que terminar unos informes.

—¿Cuándo vas a venir?

—Dentro de diez días.

—Justo después de la vendimia.

—Helena, me preocupas.

—Adiós, Jofre.

Y, por primera desde que nos conocemos, le saco ventaja en la práctica de colgar antes que el otro.

# Chocolate a medianoche

—*L*a idea es esta —le digo al señor Serra mientras extiendo una larga lista de nombres en la mesa de la cocina.

Estamos sentados frente a frente, bebiendo a sorbitos una Coca-Cola de contrabando que el despistado alumno de mi madre me ha confesado tener prohibidas por su médico de cabecera. Conmigo se muestra muy atento, y a mí me parece tan elegante —y acalorado, supongo— con el pañuelo de seda que se ha anudado con coquetería al cuello. Su pelo blanquísimo está peinado con una raya perfecta y su bigote a juego luce impecable.

—Usted se encarga de los veraneantes y yo de los paisanos. Es mejor que lo hagamos así porque a mí me conocen desde que era pequeña y usted tiene buena mano con los turistas.

—Confíe en mí, los convenceré a todos.

—¿Tiene claras las fechas y las horas y...?

—Sí, sí —me interrumpe entusiasmado.

Desde que lo he involucrado en mi conspiración parece haber rejuvenecido unos cuantos años.

—El domingo, a las seis de la mañana, ropa cómoda, sombreros, crema solar, calzado deportivo... —va enumerando con los dedos.

—Perfecto. Entonces esto es para usted —le digo

tendiéndole un montón de folios fotocopiados con las instrucciones, los convocados y el lugar de reunión—, y esto para mí.

—¿Sincronizamos los relojes? —me pregunta esperanzado.

—Esto… no, no hace falta. Tómeselo con calma, por favor. Tenemos cuatro días.

—Más que suficiente —dice poniéndose en pie con renovadas energías—. Buena suerte.

—Lo mismo le digo —le sonrío—. Nos vemos aquí pasado mañana por la noche para poner en común los resultados de la campaña. Y acuérdese de recalcar que se trata de un secreto.

Levanta uno de sus pulgares y se va con los pies ligeros de un hombre que tiene una misión.

Encuentro a mi madre en el patio tendiendo la colada con la ayuda de Anna. Me uno a ellas en el ancestral arte de las pinzas y la cuerda, y cuando terminamos le explico a mi madre toda la (cada vez más larga) historia y mi estrategia.

—¿Podrías encargarte, mamá?

—Creo que sí —me dice visiblemente emocionada—. ¿Esto es en lo que has liado al señor Serra? Las chicas me echarán una mano, iremos todas.


Esa noche me despiertan unos quejidos infantiles. Me levanto, salgo al pasillo y me encuentro a Miquel vestido con un pijama de rayas victoriano que le hace parecer una versión en miniatura de Ebenezer Scrooge. Se frota los ojos llorosos, tiene los mechones de la coronilla en un ángulo inverosímil respecto a su cabecita y sostiene un conejo de peluche que vivió mejores tiempos allá por el siglo XIX.

—He tenido una pesadilla. —Solloza cuando me ve—. Y no encuentro a papá.

Me arrodillo frente a él y le acaricio su pelo indomable.

—Está bien. Ahora ya estás despierto.

Miquel me echa sus bracitos al cuello y entierra su cara en mi hombro. El gesto de confianza me pilla de improviso y desata una oleada de ternura. Cojo en brazos a mi sobrino —¿de verdad pesa tanto un niño de seis años?— y empiezo a bajar las escaleras. Es todo codos y rodillas enroscados alrededor de mí; me resulta extrañamente reconfortante.

—Vamos a buscar a papá.

A media escalera veo la rendija de luz que se cuela bajo la puerta de la cocina.

—Ajá, aquí está.

Cuando entramos huele maravillosamente a cacao, a vainilla y a canela. Xavier está sentado a la mesa con el portátil todavía abierto, Silvia de pie mirando por encima de su hombro y el impresionante vikingo de la floristería remueve, con un cucharón de madera, algo a fuego lento en los fogones de mamá.

—¡Estáis haciendo chocolate!

—Ssssssssssh —me riñe Silvia.

—Toma, esto es tuyo —le digo a mi hermano dejándole a la pequeña versión somnolienta de Scrooge en el regazo—, me lo he encontrado en el pasillo.

Xavier besa a su hijo y al decadente conejito.

—¿Quieres una taza de chocolate caliente? —le pregunta.

—Yo también quiero —les aseguro mientras le doy un codazo a Silvia y señalo con el mentón al rubio de los fogones.

A mi hermana le sale una risita tonta de adolescente que se me contagia.

—¿Otra vez está aquí? —le susurro.

—Ssssssssh —vuelve a decirme ella entre risas y guiños.

—Esto ya casi está —asegura el vikingo por encima del hombro.

—¿No tenemos nada para acompañar el chocolate? —pregunta Xavier.

Silvia coge una de las sillas, la acerca a los armarios junto a la puerta y se sube en ella para abrir los que están más cerca del artesonado. Con un gesto triunfal nos enseña su tesoro.

—¡Melindros! —suspiramos Xavier y yo.

—Creo que la muy ladina los guardaba para hacer no sé qué bizcocho de flan mañana con sus alumnos —nos explica Silvia abriendo el paquete y poniéndolos en un plato.

El vikingo retira la cacerola del fuego y empieza a llenar las tazas que mi hermana ha colocado sobre el mármol. El líquido humeante, espeso, satura nuestros olfatos de cacao caliente. Sé en qué están pensando mis hermanos, la memoria entre esas cuatro paredes nos resulta común.

—Septiembre —decimos los tres a coro antes de deshacernos en sonrisas.

—Estamos en agosto —protesta el vikingo, que nos pasa las tazas y se sienta junto a Silvia.

—Cuando éramos pequeños, mi padre nos hacía chocolate caliente con melindros la última mañana de las vacaciones —le explica Silvia.

—Era la última mañana que pasábamos aquí. Después había que hacer las maletas y cargar el coche —continúo yo.

—Porque al día siguiente empezábamos un nuevo curso escolar, en la ciudad —remata Xavier.

—Era como un premio de consolación. Como el broche de oro... —dice Silvia.

—De chocolate —apostilla el escritor.

—... de chocolate a nuestras vacaciones. Era un buen mal día.

—Se me había olvidado eso del buen mal día —dice pensativo Xavier.

Miquel aprovecha para llevarse la taza a los labios y decorarse la pechera de su horrible pijama con una insignia marrón. Le limpio con una servilleta y él me lo agradece con una sonrisa con bigotes.

—¿Cuál es tu superhéroe favorito? —le pregunto muy bajito.

—Batman.

Xavier apura la taza y besa con los ojos cerrados la cabeza de su hijo. Un gesto tierno y espontáneo que me reconforta, justamente aquí, en esta prodigiosa cocina donde tanto he compartido con mi familia y tan pocas veces me he parado a considerarlo.

—Silvia —carraspea el vikingo—, me voy a dormir un poco, que mañana tengo que abrir temprano.

—Voy en un rato.

Xavier se levanta, con Miquel ya adormilado en sus brazos, y aprovecha para marcharse él también.

—Hace un poco de frío —le digo a Silvia.

—¿Quieres que encienda la chimenea?

Silvia lleva un pijama de tirantes y pantalón corto, de color violeta y verde. Con su pelo alborotado, sus ojos brillantes y sus pies descalzos parece un hada del bosque más que nunca. La dejo trasteando en la chimenea y me acerco al salón para recoger un par de chaquetas —ahora mamá no nos deja utilizar el perchero de recepción porque dice que es de adorno, «para dar calidez a la entrada, no para atestarlo de vuestras horribles cosas»—. Acabo haciendo tres viajes más, cargada con los cojines del sofá. Los distribuyo por el suelo, contra la pared más cercana al hogar, le ofrezco una chaqueta a Silvia y nos sentamos las dos en ese mullido paraíso improvisado.

—¿Desde cuándo estás con Thor?

—¿Thor? —mi hermana se ríe de buen humor.

—Es impresionantemente... rubio. Y grande. Y da un poco de miedo.

—Nos conocimos el verano pasado, estuvimos tonteando un poco, ya sabes.

—No, no lo sé.

—Me gusta. —Se sonroja como la adolescente que hace tiempo dejó de ser.

—Pues tiene un carácter de mil demonios. La primera vez, y la última, que entré en su Symbelmine quiso cobrarme una barbaridad por dos ramos de flores. Cuando me quejé, me soltó un discurso sobre justicia social que además de enfadada me hizo sentir estúpida y malvada.

—Sí, me lo contó —sonríe—. No sabía que eras mi hermana. Me dijo que entraste en la tienda con ese aire de princesa ofendida, como si estuvieses por encima del resto de los mortales, y que le diste rabia.

—¡Yo no soy así!

Silvia me pone una mano sobre el brazo para tranquilizarme y no pierde la sonrisa.

—Me gustas más cuando llevas unos días aquí. Se te borra esta arruga —dice acariciando mi entrecejo con sus dedos ligeros y fríos—, sonríes más a menudo y dejas de discutir con todos.

—Me relajo.

—Sí, te relajas. Te pones sandalias y ropa clara, sales descalza al jardín. Dejas de hacerte esos moños tan tirantes de bibliotecaria malvada. Y, mírate, hasta te pones camisones de algodón de la época colonial.

—Estaba muy gruñona cuando llegué, ¿verdad? Quejándome por las reformas de la casa y por la escuela de mamá y porque el jardín no tenía aire acondicionado y porque me recordaras siempre lo de Grego y porque las fotos del salón hubiesen desaparecido y...

Soy consciente de lo mucho que he cambiado en estos pocos días. Apenas una semana y ya no me reconozco en esa gruñona y recién llegada de la ciudad con ganas de pelea. Esa otra Helena —que ahora se me hace tan antipática— de trajes de sastre y mirada severa, de nulo sentido del humor, con alergia a los cambios e intolerancia a la improvisación; convencida de que no le importaba lo más mínimo a nadie porque no preguntaban por su estúpido vestido de novia.

—Mamá me dijo una vez que se mudaron a Serralles porque cuando veníamos parecíamos mucho más contentos que en Barcelona —me explica Silvia.

—Pensaba que fue por la jubilación de papá.

—Supongo que esa fue la razón principal. Pero es cierto que aquí estamos más cómodos.

—Creo que es por todos los recuerdos que tenemos asociados a esta casa —le digo—. Aquí hemos pasado los días más felices de nuestra infancia, supongo que eso nos pone de buen humor.

—No es solo eso. Solo aquí te relajas lo suficiente como para volver a ser tú misma.

—Pues no le he causado muy buena impresión a tu vikingo.

—Te cuesta hablar con las personas con... naturalidad. Cuando tienes que relacionarte con alguien que no conoces te pones tan seria y tan... abogada.

—Será porque soy tímida. O porque soy abogada. O porque soy ambas cosas.

—No, es porque te cuesta decir en voz alta lo que realmente piensas.

—Cosa que los demás agradecemos profundamente —nos interrumpe Xavier, que nos aparta sin contemplaciones y se acomoda entre las dos—. He bajado a por el portátil, ya me voy.

Pero se queda.

—¿Estos son los cojines del sofá del salón?

—Luego los volvemos a poner en su sitio —le prometo.

—No importa, aquí están mucho mejor. —Extiende sus largas piernas en dirección a la chimenea y nos dice satisfecho—: A veces, el mundo es un buen lugar para vivir.

—No será tan bueno mañana, cuando mamá descubra que hemos saqueado su provisión de melindros —replico.

—¿Está muy gruñona últimamente?

—No. Como siempre —contesta Silvia.

—Me gusta que siga adelante, tan valiente. Con su aquelarre y con este nuevo proyecto de la escuela de cocina.

—El problema de mamá es que es muy difícil descubrir hasta qué punto está triste —apunto.

—Pero que no deje traslucir sus sentimientos o que no sea especialmente hábil en sus muestras de afecto con sus hijos no significa que sea un bloque de piedra —argumenta Xavier.

—Cuando era pequeña estaba convencida de que no me quería, de que os quería más a vosotros dos —nos confiesa Silvia sin dramatismo—. Hasta que me di cuenta de que pasaba de los tres por igual. —Y se ríe.

—Pues lo triste es que a mí eso no me ha pasado de pequeña, sino ahora.

—¿En serio? Qué poco la conoces, Helena. Nos quiere más que a nada en su vida —asegura Xavier—, solo que nunca va a decírnoslo.

—¿Y tú cómo lo sabes? Siempre nos mira como... como de pasada.

—Porque los escritores sabemos esas cosas. Se alegra de vernos, le gusta tenernos por aquí.

—Pero nunca pregunta cómo estoy o por mi trabajo o mis planes.

—Ni por mis novios o falta de ellos.

—Ni por mis novelas o por mi matrimonio.

—Cuando nos besa o nos toca, parece que no se haya dado cuenta de que lo está haciendo.

—El de los abrazos y besos era papá —resume Silvia—. Cuando nos hacíamos daño y queríamos mimos, cuando por las noches teníamos una pesadilla y necesitábamos un beso, lo llamábamos a él.

—Creo que por eso lo echo tanto de menos. Pero no porque no esté, aunque también, sino porque al venir aquí recuerdo cuando éramos pequeños y, entonces, él era mucho más importante en ese sentido.

—En un plano sentimental —me ayuda Xavier a verbalizar mis pensamientos—. Aquí se despierta tu memoria infantil, mucho más emocional que la adulta, quizás, y nuestro padre era el que repartía cariño.

—No somos más que una pandilla de quejicas llorones —constato.

Los tres asentimos con mucha seriedad pendientes de las brasas. Sé que estamos pensando en papá y en la última vez que estuvimos así, protegidos por él y por su voz de contador de cuentos, delante de la chimenea.

Fue una noche de Sant Joan. Hacía poco que estábamos en el pueblo porque el curso escolar terminaba apenas uno o dos días antes. A Silvia y a mí todavía no nos dejaban salir, y papá nos entretenía en casa mientras esperábamos el toque de queda y mamá se arreglaba en el piso de arriba. En cuanto mi hermano mayor volviese a casa después de saltar la hoguera con sus amigos, pasaríamos a estar bajo su supervisión, y papá y ella saldrían de verbena, bailando con los dedos pegajosos de coca de crema y fruta confitada, entre sorbo y sorbo de fresquísimo cava; no volverían hasta el amanecer.

Estábamos en el jardín, jugando con las bengalas de colores que nos había comprado papá como premio de consolación, deliciosamente asustadas —aunque jamás lo reconoceríamos— por el estruendo ininterrumpido de las tracas y los petardos que llegaban hasta nuestra casa, asombradas por las chispas de colores que iluminaban la noche sin luna y trazaban dibujos en las alturas, sobre Serralles.

De pronto, todo quedó en silencio y el cielo volvió a ser oscuro y con estrellas. Un soplo de brisa de junio arrastró un aroma de pólvora hasta nosotros. Papá se levantó de un salto del balancín desde el que contemplaba nuestras monerías con las bengalas, nos las arrebató y las apagó en el suelo, a pisotones, luego echó a correr hacia la cocina, la atravesó en dos zancadas y lo oímos salir por la puerta principal a toda velocidad por el camino de guijarros que antes moría a la puerta de nuestra casa.

Mamá bajó apresurada al jardín, con un pendiente todavía en la mano y la palidez del rostro adivinándose en la penumbra de la noche. Silvia rompió a llorar y la cogí de la mano. Recuerdo que yo también estaba asustada y quería que mi madre nos abrazase. No comprendía qué estaba pasando excepto que ella seguía de pie, respirando fuerte e imaginando terrores adultos, incapaz de apiadarse de las dos niñas que la miraban en busca de respuesta.

Papá corrió hasta Serralles, llegó mucho antes de que se oyese la sirena de la ambulancia. Se abrió paso hasta la plaza del ayuntamiento, allí donde se había prendido la simbólica llama del Canigó, en una hoguera hecha de ramas muertas y muebles viejos que todos los chiquillos del pueblo habíamos contribuido a reunir con la paciencia e insistencia de la que solo somos capaces en la infancia.

Entre la confusión y un silencio antinatural en la noche más corta del año, cuando todo son risas y petardos, y música y baile de brujas con sus escobas, los ojos de papá buscaban frenéticos a su hijo mayor. «¿Qué ha pasado?», preguntaba a su paso, nervioso, desencajado, abrumado por los murmullos preocupados de los adultos. Un par de chicos se habían caído a la hoguera en un salto fallido y tenían quemaduras graves.

Papá escuchó casi al mismo tiempo sus sollozos y el aullido de la ambulancia que se acercaba por el valle. Cuando vio a mi hermano en un corrillo de chicos de su edad, todos llorosos y compungidos, volvió a respirar.

Xavier nos contó que no recuerda cómo volvió a casa esa noche, pero nosotras lo vimos llegar por el camino de guijarros, bajo el brazo protector de papá, escuchando sus palabras de consuelo. Los esperábamos en la puerta, no habíamos osado dar más que media docena de pasos fuera de la casa.

Pasamos el resto de esa noche acurrucados contra papá en el enorme sofá verde de la sala grande, con la chimenea encendida. Nuestro padre estuvo leyéndonos hasta el amanecer un polvoriento y antiquísimo volumen de cuentos de Hans Christian Andersen —que ahora tiene Xavier en su despacho de Barcelona—. Cuando las ascuas de la *llar de foc* agonizaban, Silvia y yo hacía tiempo que habíamos sucumbido al sueño bajo la suave manta rosa que mamá nos había echado por encima.

Quiero pensar que los tres estamos recordando esa noche de Sant Joan porque la sensación de amparo y de consuelo que tengo ahora es exactamente la misma. Y aunque falta papá, y su capacidad extraordinaria para hacernos sentir seguros y queridos, aquí estamos de nuevo, por milagro casi intactos, a salvo de las hogueras purificadoras de nuestros ritos de iniciación a la edad adulta, sustentados mutuamente por un cariño fraternal que pensábamos desaparecido. De nuevo juntos después de tantos años, acechados por nuestros propios fantasmas, lastrados por nuestros miedos.

—¿No vas a decir nada excéntrico y metaliterario de mi vikingo? —Silvia le pega un codazo a Xavier para romper la burbuja nostálgica.

—Aug —se queja él frotándose las costillas y devolviéndole la dudosa muestra de cariño—. ¿Qué vikingo?

—Rubio, casi dos metros, espaldas anchas, ojitos azules de guerrero escandinavo… —le resumo—. Acabas de tomarte una taza de chocolate con él.

—Oh, claro —sonríe mi hermano—. Ya decía yo que al señor Serra se le veía muy alto esta noche.

Se gana otro codazo de Silvia que le hace protestar. Al momento hacen las paces con un beso espontáneo y, como de rebote, Xavier se vuelve hacia mí y también me besa. Sería tan sencillo quedarse aquí para siempre, acurrucados en la cocina de mamá, junto a un fuego de medianoche, anclada con firmeza a esta vida, que merece la pena, por mis dos hermanos, reajustando quizás —cada uno con sus propios tiempos— nuestros roles de hijos indiferentes que se han alejado demasiado durante tanto tiempo. Los tres nos quedamos en silencio, cogidos de las manos, con la mente perdida en pensamientos felices de otros días distintos frente a nuestra chimenea.

Se está bien aquí. En casa.

# Todos los finales felices

*N*o puedo decir que sea una sorpresa encontrarme con Marc al salir de La biblioteca voladora de Jonathan Strange a media mañana. Serralles es tan pequeño que tendría que permanecer encerrada en mi habitación para no coincidir con alguno de sus vecinos en lo que me queda de vacaciones.

—Hola, Wendy —me saluda serio mientras cruza la calle para venir a mi encuentro—. Es un tipo rarísimo —dice señalando con la cabeza la puerta verde y en arco de mi librería favorita en el mundo—. Encontré un par de libros muy buenos sobre elaboración de vinos peculiares pero me costó como tres cuartos de hora conseguir que me los vendiese.

Como si supiera que estábamos hablando sobre él, Jonathan asoma la cabeza tras su escaparate y nos saluda con el movimiento frenético de sus manitas de ratón. Marc y yo le devolvemos el saludo y dirigimos nuestros pasos hacia la plaza.

—Al señor Strenge no le interesa vender libros, sino conversar sobre ellos —le explico.

—Debe de ser millonario —murmura Marc.

—No lo creo.

—Oye —me dice cogiéndome de la mano—, te invito a un helado.

—Aquí no hay heladerías. Y no pienso volver a subirme en tu simulacro de coche para ir a ningún sitio donde sí las haya.

—No te pongas quisquillosa —me riñe.

Entramos en el colmado de la señora Pepa, una de las socias de mi madre, y Marc me deja elegir nuestros helados entre los únicos tres gustos que tienen aquí. Aunque Pepa se jubiló hace un par de años y no tiene más trabajo que echarle una mano a mi madre con los cursos de cocina, discutir con su marido y salir de tapeo los domingos junto al resto del aquelarre, en ocasiones se pasa por la tienda para echar un ojo a los dos nuevos dependientes, un matrimonio muy agradable recién emigrado de la ciudad. Hoy es una de esas ocasiones, así que es ella la que se apresura a cobrarnos cuando nos ve dirigirnos hacia la caja con un par de cucuruchos de nata.

—Hola, guapísimos —nos dice feliz, como si volviésemos a tener once años—. Un heladito para el calor, ¿eh?

Tras esos magníficos carrillos rojos como manzanas maduras, adivino su intención. Esta misma tarde llamará a mi madre para preguntarle: «¿A que no sabes quién se ha pasado por la tienda para comprar helados?», como si Marc y yo fuésemos un par de miembros de la realeza fugados intentado pasar desapercibidos en un pueblo perdido al pie de los Pirineos.

—Qué guapos estáis —insiste la señora Pepa—. Mira que hacéis buena pareja, ¿eh? Como cuando erais pequeños y poníais todo patas arriba allí por donde pasabais. Y en bicicleta, ¿eh?

—Yo sigo teniendo la mía —le dice Marc inmune al sonrojo—. Cualquier día le doy una sorpresa.

Dejo que sea él quien pague y huyo de la tienda con

ganas de gritarle a la señora Pepa los años que tengo, el tiempo que ha pasado, lo lejos que estoy de aquella niña de coletas rubias. Pero cuando Marc sale a la calle, abre con cuidado el envoltorio de mi helado, me lo tiende y me vuelve a coger de la mano para llevarme a saber dónde demonios, comprendo que todo es una inmensa broma y que una intención invisible y todopoderosa ha detenido el tiempo en un eterno fin de verano, justo aquí, en Serralles.

Caminamos en silencio, concentrados en la dulzura de la galleta, en el frescor de la nata helada contra el paladar y la lengua. Atravesamos el pueblo y entramos despacio al bosquecillo de abedules. Nuestros pies tienen memoria y no preguntan.

Nos lavamos las manos en el agua del arroyo y nos sentamos —tan cerca que nuestros hombros se tocan— sobre unas piedras planas de la orilla. Me quito las sandalias y hundo los pies en la arena blanca, todavía fresca por la sombra de los abedules.

—Le he contado a Xavier todo sobre tu bodega —me atrevo a romper el silencio sobre el ruido que hace el agua en su enérgico salto sobre las piedras pulidas de ese tramo del cauce.

—¿Está interesado en comprarla?

—No. Pero sí en ser uno de tus socios.

Marc sonríe con tristeza y me mira a los ojos. El recuerdo de su beso, de sus palabras en mi jardín, me atraviesa el pecho y me duele profundo.

—Sabes que agradezco vuestra oferta. Pero no creo que pueda seguir con eso. He despedido a todos los trabajadores. Estoy cansado y viejo, debería dedicarme a otra cosa.

No sé en qué momento hemos vuelto a cogernos de la mano, pero aquí estamos, unidos de nuevo, impelidos por la necesidad acuciante de no dejarnos ir el uno al otro, como si al soltarnos pudiésemos salir volando lejos, al primer asomo de brisa, como si pudiésemos perdernos. No, perdernos no, eso no. Ahora resulta imposible. Como si tuviésemos miedo de volvernos a separar durante tantos años.

Me fijo en las libélulas danzantes de la superficie del río y me relajo. Suelto los músculos agarrotados de la nuca, de las cervicales, de los hombros. Suspiro y me dejo llevar por el deseo, por la paz anhelada. Apoyo mi cabeza en el hueco entre su hombro y su pecho. Nuestros cuerpos encajan como un puzle anatómico perfecto y añorado, como la vuelta de Ulises a Ítaca.

Marc pasa un brazo por mi espalda y me acoge con cariño, sin palabras, sin plazos, sin promesas.

—No somos viejos —le riño a media voz—. Solo un poco más sabios.

—¿Qué has estado haciendo todos estos años?

—Estudiando, trabajando, trabajando mucho y muchas horas. Intentando salir indemne de la tristeza propia y de la inquina de los demás. Atontando mi cabeza con planes de lo que debería ser correcto para no tener que pasar miedo, ni vértigo ni dolor.

—Entonces no has estado viviendo —me interrumpe—. Por eso no eres tan vieja como yo. Por eso sigues siendo aquella Wendy que no sabía volar.

Marc estrecha su abrazo y me levanta la barbilla con la mano libre para que lo mire a los ojos.

—Si me besaras —susurro tan cerca de sus labios que puedo sentir su aliento de nata y galleta—, podría volar.

—No voy a volverte a besar —se queja él contra mi boca medio segundo antes de hundirse entre mis labios.

Y

Vuelvo a casa con la piel salpicada de arena blanca, con la ropa arrugada y los ojos llenos de sol. Vuelvo con una sonrisa idiota, las mejillas rosas y el andar tan ligero que, si alguien se asomase ahora a una ventana de los dormitorios, se daría cuenta de que ni siquiera la punta de mis pies está tocando el suelo.

Anna me encuentra en la puerta trasera, me sorprende intentando colarme en el jardín sin tener que hablar con nadie. No tengo ganas de bajar de la nube ni de explicar, ni siquiera a mí misma, qué demonios estoy haciendo este verano o por qué estoy sopesando tan en serio mandar a freír espárragos todos mis planes de ordenado y predecible futuro.

—Tienes el pelo raro —me dice mi sobrina—. Con hojitas como de planta trepadora...

—Enredaderas y aspidistras silvestres.

—Lo que sea. Y granitos brillantes de purpurina —remata cogiendo uno de mis mechones y examinándolo de cerca.

—Cuarzo blanco.

—Anda, tía Helena. No me des clases de geología y ven que te cepille un poco. Tienes un pelo taaaan bonito...

Me dejo arrastrar por Anna hasta su habitación para que pueda peinarme como a una de sus descartadas muñecas de la infancia.

Me siento en la cama, ella se acomoda a mi espalda, con las piernas cruzadas en la flexible elegancia de una bailarina de doce años, y me cepilla con cuidado hasta quitarme las hojitas del río.

—Debería cortármelo —digo sin entusiasmo.

—No lo hagas. Así es perfecto. Además, me ha dicho papá que ya no tienes que hacerte esos moños tan de señora repelente que te hacías para ir a la oficina.

—¿Eso te ha dicho?

—Dice que no cree que vuelvas.

—Menudo sabelotodo.

—No, es que es escritor —me corrige ella—. Los escritores saben esas cosas.

Por la ventana abierta de la habitación, la misma que fue de Xavier cuando éramos niños, entra el trino de dos pájaros juguetones y el concierto de los grillos. Lejos, las montañas azules guardan silencio.

—Pero no lo sabe todo —susurra mi sobrina mientras me cepilla despacio los enredos—. Ojalá volviesen a estar juntos.

Giro la cabeza en busca de sus ojos, pero ella se esconde a mi espalda e insiste con el cepillo.

—Mamá y papá —me aclara—. Me gustaría que volviésemos a vivir todos juntos, como antes.

Anna no llora pero noto la profundidad de su tristeza cuando formula sus deseos en voz alta. Me pregunto si le he contagiado parte de la locura desordenada que he traído conmigo desde el arroyo, desde el corazón del bosquecillo de abedules.

Me doy la vuelta en el borde de la cama, le quito el cepillo a esta niña hermosa y le acaricio una mejilla.

—Díselo a tu padre, Anna. Habla con él y hazle todas las preguntas que necesites. No te quedes nada dentro.

Ella asiente, muy seria, y me coge de las manos.

—No todas las historias suceden como nosotros deseamos —le advierto—. Pero eso no significa que, pese a todo e inesperadamente, no puedan tener finales felices.

# Miedo en el espejo

Mamá y Silvia se han empeñado en acompañarme a buscar mi vestido de novia. Estoy cansada, llevo todo el día de campaña por las casas de Serralles, de acuerdo con el plan urdido con el señor Serra, y no estoy de humor para una tarde de chicas conversando sobre modelitos y moarés. Tras una comida insufrible de puré de pollo y ensalada de ropa verde —*cordon bleu a la provençal* y acompañamiento de guisantes y habitas frías, según los alumnos de mi madre—, he pasado la tarde hablando sin descanso con lo que me ha parecido el censo de habitantes más largo del mundo.

En el coche, Silvia nos cuenta las últimas novedades de Greenpeace y las ganas que tiene de embarcar para su estudio biomarino surcando los Mares del Sur (o del norte, no estoy segura). Mamá comparte algunas anécdotas —atrocidades gastronómicas— de sus últimos seminarios y comenta la inexplicable ausencia del señor Serra.

—Bien tiene derecho el pobre hombre a echarse una siesta de vez en cuando —le replico malhumorada.

—Lo tienes cansado con esos tejemanejes que os traéis entre manos.

Conduzco yo, pese a que no soy capaz de hilvanar

dos pensamientos coherentes seguidos. Eso explica por qué demonios voy camino de una tienda para recoger un vestido para el ya eminente día de una boda a la que no me apetece asistir, actitud bastante comprensible excepto porque soy la novia. Felices de llevarme la contraria, mis dos acompañantes padecen de un buen humor insoportable.

Cuando llegamos a la tienda, Clara nos lleva hasta la sala interior. Me tiende el vestido dentro de una funda gris y me acompaña al probador. Tardo poco en ponérmelo y ni siquiera me atrevo a mirarme en el espejo, por eso cuando salgo me busco con miedo en los ojos de mamá. Ella y mi hermana se han sentado en uno de los sofás morados. Mamá se levanta en cuanto me ve aparecer.

—¡Estás guapísima! —me dice con una sonrisa tan resplandeciente que empiezo a pensar que ella daría mejor en el papel de novia emocionada.

Me hace volverme hacia un espejo y se mueve a mi alrededor arreglando una arruga por aquí, un pliegue por allá, tirando de las mangas, ajustando un hombro...

El reflejo me devuelve la visión de una extraña vestida de un blanco vaporoso. Me arrepiento de no haber elegido otro color, cualquier otro excepto esa luminosidad de gasa que me hiere la retina y me corta la respiración.

Mamá habla de caídas y volumen, del largo y los alfileres. En cuanto se va en busca de Clara, Silvia aparece en el espejo, de pie, a mi lado.

—Pareces a punto de desmayarte del susto —me dice.

—Quedaría perfecto con este disfraz de Ofelia.

—¿La de Shakespeare?

—La de Millais.

—A esa no la conozco.

—Estaba un poco muerta, al final, flotando río abajo entre flores.

—Oye, Helena. —Silvia se pone seria, como si las musas de los prerrafaelitas no resultasen lo suficientemente trágicas. Parece como si fuese a reñirme de nuevo, como cuando llegué a Serralles hace unas semanas y todo me parecía espantoso—. No sigas con esto si no estás convencida.

Miro con horror a mi hermana pequeña en el espejo y me muerdo los labios.

—Mírate. No pareces nada feliz.

—Todas las novias tienen miedo —le digo.

—Pues no lo sé. Pero me cuesta creer que todas las novias parezcan un fantasma de sí mismas y tengan cara de desear salir corriendo hasta Madagascar.

—¿Cómo es Madagascar en esta época del año?

Silvia me coge de las manos y me obliga a despegarme de la imagen que me devuelve el espejo.

—¿De qué tienes tanto miedo? —me pregunta a media voz.

—De equivocarme —me atrevo a decir por fin en voz alta.

—¿Crees que casarte con el Juez Dredd es la decisión equivocada? Pues sí, ya te digo yo que sí. No hace falta ser muy espabilado para darse cuenta.

—No, Silvia, no es eso. Tengo miedo de que anular la boda sea, precisamente, la decisión equivocada.

Mi hermana mueve la cabeza impaciente por mi retórica de abogada.

—¿Por eso no vas a tomar ninguna decisión entonces? —se sorprende—. ¿Vas a seguir adelante con esta boda, con esa relación tan rara, solo por temor a introducir cambios en tu vida? ¿Y si ese fuera el error? ¿Y si tu mayor equivocación es no tomar una decisión que lo cambie todo?

—Antes de venir a Serralles todo estaba en orden, todo seguía la tranquila rutina de mi vida, todo era seguro y estable. Iba a casarme con Jofre...

—¿Porque Jofre así lo había decidido?

—Porque era algo natural en la evolución de nuestra relación.

—¿Algo natural en la evolución? ¿Estás hablando de querer compartir tu vida con el hombre al que amas o de darwinismo? Porque de esto último sé algunas cosas que todavía podría enseñarte.

—Todo estaba en orden, todo era seguro, todo seguía según unos planes... Hasta que llegué a Serralles y ya nada importó —me defiendo—. Aquí el tiempo transcurre de otra manera, la luz es distinta y las cosas que parecían importantes y seguras...

—Son absurdas —termina Silvia empezando a entender qué quiero decirle.

—Las cosas que aquí no tienen sentido, que parecen lejanas y sin importancia, son distintas en la ciudad. Serralles es un paréntesis maravilloso de mi vida, un paraíso aislado en donde puedo olvidarme de quién soy.

—No, Helena —me corrige ella con cariño—, Serralles es el único lugar de este mundo en el que de verdad te he visto ser tú misma. El resto no es más que contención.

—Pero ¿y si me equivoco al anular la boda? ¿Y si solamente tomo esa decisión porque aquí me he vuelto salvaje?

Silvia se ríe y me vuelve a enfrentar al espejo. Me envuelve en un medio abrazo y une su cabecita morena a la mía en un gesto de cariño y generosidad sin límites. Me encantaría decirle que me ha contagiado sus calcetines de colores, justo esta tarde en la que estoy descalza sobre el suelo entarimado de un salón de espejos.

—No te rías —le digo intentado disimular una sonrisa—. No tienes ni idea de hasta qué punto me he vuelto salvaje.

—¿Porque llevas el pelo suelto y vestidos de algodón? ¿Porque sales descalza al jardín y has empezado a hablar con tus sobrinos? ¿Porque has dejado de refunfuñar por los rincones de la casa y tomas chocolate a la taza de madrugada? ¿Porque te has sentado en el suelo, entre cojines, delante de la chimenea y le has abierto el corazón a tus hermanos? ¿Porque…?

—Porque he hecho el amor con Marc Saugrés —la interrumpo—. Sobre la arena blanca del río que pasa por el bosque de abedules que hay detrás del pueblo.

Silvia se queda muda y con los ojos desmesuradamente abiertos. Después se echa a reír a carcajadas y casi siento tentaciones de unirme a ella. No puede decirme nada más, en esos momentos mamá y Clara vuelven al salón y se enzarzan en una abrumadora ristra de frases cortas —seguro que en código secreto— sobre el vestido y lo bien que me sienta.

Clara me pone algunos alfileres y nos asegura que, si tenemos la paciencia de esperar una hora, tendrá el vestido listo para que nos lo podamos llevar. Vuelvo a entrar en el probador para ponerme mi ropa y Silvia se apresura a colarse conmigo.

—No puedes seguir con esto —me susurra para que mamá no nos oiga desde fuera.

—¿Y si lo de Marc no es más que locura transitoria? —alego en mi defensa.

—¿Y si la locura es vivir con el Juez Dredd para el resto de la eternidad?

—Créeme, vivir con Jofre es cualquier cosa menos una locura —me río.

A Silvia se le escapa la carcajada y me ayuda con la cremallera invisible del vestido.

—¿Por qué no hablas con él?

—Porque si lo hiciese, estaría perdida. Es el mejor abogado que he conocido nunca, puede convencerte de cualquier cosa. De cualquiera.

—Te haría creer que no es buena idea volver a Serralles.

Me encojo de hombros y termino de vestirme.

—¿Has hablado con Xavier?

—¡Por supuesto que no! —me escandalizo—. ¿De verdad quieres que le pida consejo a un escritor enfermo de romanticismo?

Mientras me siento a abrocharme las sandalias, Silvia suspira con los brazos cruzados y ese aire de superioridad sentimental de aquellos que siempre han tenido las cosas claras.

—Pero tú comprendes que todo esto no son más que tonterías, ¿verdad? —me pregunta—. ¿Eres consciente de lo que realmente importa?

—¿La conservación de la biosfera?

—Eso también. Lo importante es que empieces a comportarte como la persona que en realidad eres. Toma tu decisión, Helena, y hazlo con sinceridad.

Me levanto, le doy un rápido beso en la mejilla y salgo del probador.

—¿Vamos a tomar un café mientras esperamos? —le pregunto a mamá.

—¿Un café? —me dice colgándose el bolso y precediéndome en dirección a la salida—. Son las ocho de la noche, creo que nos merecemos una buena copa de vino. Invito yo.

—Nada de eso —la interrumpe Silvia pasando por delante y colgándose del brazo de mamá—, invita Helena.

—¿Como una especie de despedida de soltera? —sonríe nuestra madre.

—Nada de despedidas. —Mi hermana pequeña me saca la lengua—. Helena se ha tirado a Marc Saugrés en el río. Creo que eso finiquita las posibilidades del Juez Dredd.

—¡Silvia! —grito indignada—. No le hagas caso, mamá. No sabe lo que dice. Thor la mantiene despierta durante casi toda la noche y ahora acusa fatiga mental.

En la calle, mamá se sitúa entre las dos y nos ofrece un brazo a cada una. Caminamos las tres juntas, ocupando toda la acera, acompasadas y súbitamente ligeras en esta noche de finales de verano.

—Ah, Marc Saugrés… —suspira mamá—. Qué buen chico.

—Buenísimo —apostilla Silvia—, y taaaaan guapo.

Le doy una colleja con la mano que me queda libre y la oigo reír, feliz y despreocupada, bajo el cielo sin estrellas, de esos que comprenden las verdades imprescindibles del momento.

—Pensaba que estaba casado —continúa mamá.

—Dos veces —le confirmo.

—Pero ya se le ha pasado —interviene Silvia con la más dulce de sus vocecillas de hada misteriosa—. Por fin ha encontrado lo que siempre ha deseado y, esta vez, no va a dejarlo escapar.

Mamá se hace la despistada y nos hace entrar en un pequeño restaurante de comida casera. Conoce a los dueños, que la saludan con alegría y nos instalan en una pequeña mesa junto a la ventana del fondo, la que da al pequeño huerto que provee de hortalizas su cocina. Me pasan la carta de vinos, corta y aromática como la albahaca y el cilantro que distingo en uno de los rincones del huerto. Me decido por un Nita, un Priorat tinto, joven, con cabernet sauvignon y syrah entre sus variedades de uva. Esperamos a que nuestro anfitrión lo escancie en nuestras copas y dejamos que sea mamá quien proponga el brindis.

—Por mi familia —dice después de entrechocar el cristal.

—Mamá, ¿por qué has quitado todas las fotos del comedor? —se me escapa después del primer sorbo.

—Me hacía falta una nueva decoración. Nuevos proyectos, nueva vida, nuevas fotos.

—No hay ninguna fotografía. Ni nueva ni antigua. Anna cree que las quitaste porque no querías recordar a papá.

—¡Helena! —se sorprende Silvia.

—Eso es imposible —dice mamá—. Dejar de recordar a vuestro padre. Es imposible.

Está guapa esta noche, con su pelo castaño recogido y sus labios pintados de rosa. Se le han subido los colores, seguramente por mi interpelación, y los ojos le brillan.

—No importa cuántas fotos quite de las vitrinas o cuántas reformas haga en la casa siguiendo sus planos alocados. No importa que ponga en marcha decenas de talleres de cocina o que salga al cine con Montse y con Pepa. Haga lo que haga, él siempre está conmigo. —Respira hondo, muy seria, y sigue hablando pendiente de nuestros ojos inquietos—. Sé que vosotras habéis perdido a vuestro padre, que era vuestra brújula sentimental, quien os abrazaba y os besaba con cualquier excusa. Sé que pensáis que yo soy fría.

—No es verdad.

Mamá levanta la mano para acallar la protesta de

Silvia. Sabe que es ahora o nunca, que tiene que soltar lastre en este mismo instante, esperando un vestido de novia, bebiendo una botella de Priorat con sus dos hijas, tan distintas... Si ahora no encuentra la manera de confesarnos cómo se siente, nunca más lo hará.

—Pero yo he perdido a mi compañero, a mi mejor amigo, a mi confidente, mi pareja, mi amante... La única persona que de verdad conocía qué hay debajo de toda esta fachada. Me cuesta expresar mis sentimientos, sé que lo sabéis, pero él tenía el don de leerlos en mis ojos; todos y cada uno de ellos. Estoy sola como nunca lo he estado, aislada detrás de mis muros sin remedio.

—Si te hemos hecho creer, de alguna manera, que tu pérdida era menor que la nuestra... —se disculpa de nuevo mi hermana.

—Claro que no, cariño. Es solo que estoy en deuda con vosotras. Creo que papá hubiese sabido consolaros y compartir su pena mil veces mejor que yo. Soy incapaz...

—Es verdad, mamá —intervengo—, pensamos que te cuesta abrir tu corazón. Pero nunca hemos dudado de que lo echases tanto de menos.

—Por papá —levanta la copa Silvia.

—Por papá —brindamos las tres.

—Helena se parece a ti en eso de la fachada de hielo —dice mi hermana al cabo de un momento.

—¡Eh! Pero ¿qué dices?

Mamá alarga su mano para coger la mía por encima de la mesa.

—Xavier se parece muchísimo a papá, y Helena a mí.

—Yo soy adoptada —concluye Silvia.

—Tú eres un espíritu libre.

—¿En serio creéis que me cuesta expresar lo que siento? —pregunto.

Mamá se encoge de hombros, me suelta y da un pequeño sorbo a su copa de vino.

—Por eso eres tan buena abogada en MAC —contesta mi hermana.

—Era —apunto.

—Por eso le gustas tanto al Juez Dredd.

—¿Solo le gusto? Estamos a punto de casarnos, espero que sienta algo más consistente por mí.

—Está bien —me concede el espíritu libre—. Está convencido de que te quiere. Pero no te quiere por cómo eres detrás de esa cara de póquer, porque ni siquiera sospecha que detrás de esos moños y esos trajes tan serios, de ese cerebrito brillante, haya otra persona, sensible y original. Creo que está enamorado de la idea que tiene de ti, de lo que es capaz de ver de ti.

—¿Y si supiera cómo soy… saldría despavorido?

—Helena, Jofre quiere casarse contigo por tu temple, por tu fachada perfecta, porque sabe que jamás te pondrás a bailar la danza de la lluvia encima de una mesa cuando cierres un buen trato en los juzgados o cuando ganes un pleito. Sabe que siempre harás lo correcto, que siempre serás imperturbablemente perfecta.

—No soy perfecta.

—Pero corres peligro de serlo. Te ha salvado Serralles. Y Marc.

—¿Marc? —se sorprende mi madre.

Silvia ignora su intervención.

—Puede que Jofre te quiera por lo que aparentas ser, pero Marc está enamorado de quien de verdad eres.

—Entonces —dice mi madre con una sonrisa inesperada—, por Marc Saugrés.

—Por Marc Saugrés —se ríe Silvia.

ϒ

Cuando volvemos a la tienda de vestidos de novia las tres estamos achispadas por el magnífico Priorat y las confesiones. Clara y mamá se pierden en la trastienda, en busca de mi traje, y Silvia y yo volvemos a la sala de los espejos.

—¿De verdad crees que soy tan reservada como mamá?

—Creo que estos días conmigo te salvarán.

Mi hermana me abraza fuerte contra su cuerpecillo de hada.

—Sé tú misma, Helena. Baila encima de la mesa la danza de la lluvia.

# Tiempo de vendimia

*P*untuales, a las seis de mañana del primer domingo de septiembre, aproximadamente unas cincuenta personas silenciosas y expectantes nos encontramos frente a la casa amarillo pollo propiedad de un viticultor cabezota y arruinado. Hemos dejado los coches lejos del viñedo, en el camino del bosque, y nos hemos acercado caminando, arrebujados en nuestras chaquetas, a la espera de que el sol decida hacerse dueño de la mañana.

Veo un montón de rostros conocidos a mi alrededor: Antonio y Milagros, los maridos de las socias de mi madre, el chico de la panadería, los jubilados que jugaban con mi padre al dominó en La Cacerola… Personas que me han visto crecer y que han venido a echar una mano a alguien que consideran de los suyos. Incluso mi querido Jonathan Strenge, que parece fuera de lugar a la intemperie, se ha calzado unas *espardenyas* y avanza valiente por el camino de tierra ocre y piedrecillas, junto a los demás.

También hay turistas, liderados felizmente por el señor Serra, que se ha erigido en general veterano de los foráneos y los arenga en voz baja o los riñe según el momento. A mi lado, Xavier, Anna, Silvia y su vikingo bostezan de vez en cuando y se frotan los ojos en silencio.

Han sido cuatro días de llamar con insistencia a muchas puertas, de entrar en casas de amigos y conocidos de mis padres, de saludar, escuchar con paciencia, explicar, asentir. Tiempo dedicado a hablar con otras personas sobre cosas sencillas como el tiempo y los tejados de las casas, pero también de la vida, del paso de los años y del recuerdo de aquellos que ya no están entre nosotros.

«Hola, señora Paquita. Hola, señor Ros. Sí, la hija mediana de los Brunet. Sí sí, mi madre bien. Buena idea lo de la escuela de cocina. ¿Y su reuma? ¿Empeora? Usted tenía dos hijos. Menudos nietos más guapos. No, gracias, no me apetece tomar nada. Quizás un poco de agua. Las galletas… Ah, ya no saben igual, ¿verdad? La fábrica aún funciona pero la mayoría de las variedades se hacen en Francia. Sí, una pena. Pero a lo que yo venía… Vaya, pues siento mucho lo de su tío, no lo sabía. Claro. Verá, yo quería pedirles un favor. ¿Se acuerdan de Marc, el pequeño de los Saugrés? Sí, el mismo. Chico guapo, sí. Me va a sacar usted los colores. ¿Todavía se acuerda? Dos demonios en bicicleta, ¿a que sí? Todo el día corriendo por ahí. Pues verá cómo son las cosas, Marc ha vuelto y va a poner en marcha una bodega. Sí, vinos, aquí, como lo oye. Pues sí, yo también lo creo, que será bueno para el pueblo. Pero verá, está pasando por algunas dificultades y me preguntaba si…»

Con paciencia y mucho cariño, el señor Serra y yo emprendimos esa cruzada por las somnolientas calles veraniegas de Serralles para reclutar a un variopinto grupo dispuesto a vendimiar por primera vez en su vida o morir en el intento. Convocados en el camino de acceso a los viñedos, aquí estamos todos en este frío amanecer, como un pequeño milagro de verano.

Avanzamos hasta la fachada principal de la casa haciendo crujir los guijarros con nuestros pasos. Dentro se oyen los ladridos de bienvenida de Samsó.

—¡Marc Saugrés! —grito haciendo bocina con las manos en dirección a la ventana del piso superior que calculo será la de su dormitorio—. Tus uvas no se van a recoger solas.

Samsó ladra con entusiasmo renovado. Cuando ya estoy a punto de repetir mi grito de guerra, se abren las dos hojas de la ventana central y Marc asoma medio cuerpo por ella. Nos mira alucinado, convencido de que sigue soñando, y se frota los ojos.

—Oye —le digo—, te he traído un montón de vendimiadores. Baja aquí, organiza al equipo y explícanos cómo demonios tenemos que recoger y prensar tus malditas uvas.

Marc nos mira un rato más bajo las primeras luces de la mañana para asegurarse de que realmente estamos ahí, de que no vamos a salir corriendo en cuanto el sol acabe de despuntar del todo. Nadie se mueve pero puedo adivinar tímidas sonrisas en muchas de las caras que me acompañan. Es un momento emocionante, sin duda.

Al fin, Marc se mete en su habitación y enseguida aparece apresurado, a medio vestir, en la puerta principal. Samsó lo adelanta y viene en busca de caricias.

—No sé qué decir.

—No tienes nada que decir —le aseguro—, a menos que sean las instrucciones que necesitamos.

Marc mira a la pequeña multitud que se ha congregado frente a su casa y reconoce, como yo, a los vecinos de Serralles. Le cuesta tragar saliva.

—Pere Serra —se adelanta el señor Serra, incapaz de mantenerse quieto un solo segundo más. Estrecha la mano de Marc con excesiva fuerza y se cuadra ante él—. Si es tan amable de decirnos por dónde debemos empezar…

Marc sonríe y se dirige a sus improvisadas huestes.

—Muchas gracias a todos —dice en voz alta—. Yo... no tengo palabras.

—Deberíamos ir empezando —le corta Silvia— y dejar los agradecimientos para después.

Él asiente, algo intimidado, y tropieza con la mirada de Xavier.

—Si me acompañáis a la parte de atrás, os repartiré guantes, cortadores y cestos. Me imagino que ninguno de vosotros habrá vendimiado antes, así que os explicaré con detalle cómo debemos cortar y preservar.

Todos echamos a andar siguiendo al propietario. Marc abre las puertas del almacén y se apresura a repartir herramientas y a organizar grupos de seis personas. De pronto todo el mundo rompe a hablar, emocionados y nerviosos por estar allí, embarcados en algo bueno, echando una mano a un vecino como tantas otras veces se ha hecho antaño, una hermosa costumbre que se ha ido perdiendo con el paso de los años y la omnipresencia de la tecnología.

Antes de mezclarse entre los grupos para dar las explicaciones necesarias a estos vendimiadores de emergencia, Marc aprovecha el pequeño tumulto en el que se ha convertido nuestra reunión de vecinos para buscarme. Me toma con suavidad de la mano y me lleva aparte, bajo una de las esquinas del porche.

—Mi madre y sus amigas vendrán un poco más tarde, con la intendencia del desayuno y la comida. Van a tomar al asalto tu cocina. Miquel se ha quedado durmiendo un poco más.

Marc sujeta con delicadeza mis brazos, y las palabras se le atraviesan en la garganta.

—Helena...

—Ya lo sé.

Me abraza con fuerza.

—No te rindas —le digo.

—No dejarás que lo haga.

Niego con la cabeza, muy seria. Y él me besa.

—No quiero molestaros, pero Troya no se vendimia sola —nos interrumpe Xavier.

Nos separamos, súbitamente avergonzados, y Marc carraspea nervioso.

—Eh… Sí, voy con los primeros grupos, a ver si ponemos esto en marcha antes de que empiece a hacer calor. —Me dedica una mirada llena de luz antes de desaparecer entre la gente—. Luego llamaré a Barcelona para que venga el equipo experto con las tinajas. Espero que sigan disponibles.

Da un par de pasos en dirección a la casa y se vuelve indeciso hacia nosotros.

—Necesitaré…, hum, necesitaré cierta liquidez inicial para pagar los sueldos de los…

—No te preocupes por eso ahora —le corta mi hermano—. Ya nos reuniremos a hablar de negocios. Primero la vendimia.

Marc asiente sereno. Se lo ha tomado bastante bien para asumir de golpe que tiene socios en su bodega y que el proyecto no ha hecho más que empezar.

## Sobre los miércoles malditos

*E*l sol ha ocupado su lugar más alto en un cielo de ligeras nubes blancas. Apenas se mueve algo de viento y las gotas de sudor me resbalan por la espalda. A mi alrededor, los vecinos de Serralles vendimian entre comentarios alegres, inasequibles al cansancio, mucho menos al desaliento.

Marc corre entre los viñedos contestando a sus dudas, supervisando, llevándose los capazos llenos de racimos y trayendo otros vacíos. Utiliza un sistema de colores para cada tipo de uva que solo él entiende, los demás nos limitamos a avisar cuando nuestro cesto está lleno. A veces conecta una manguera al sistema de riego y nos rocía para refrescarnos. Desde el extremo del viñedo en el que trabajo puedo verlo a lo lejos, inclinado sobre una hilera de vides. Su espalda, fuerte, ancha, se tensa bajo la camiseta gris empapada en sudor. Desearía poder apartarle el pelo castaño, húmedo, de la frente, decirle lo bien que sienta su regreso a mi vida, lo mucho que he aprendido a echarlo de menos en estos pocos días, lo orgullosa que estoy de verle vendimiar con las personas que lo han visto crecer.

Xavier se acerca hasta la vid que tengo al lado y me acaricia el brazo al pasar.

—Recuérdame que la próxima vez que me propongas echar una mano a alguien te pregunte si requiere esfuerzo físico.

Lleva una camisa de manga corta y sus brazos ya están algo quemados por el sol. Oculta el gesto de socarronería bajo su panamá que, al menos, le protege la cara. Sus manos ágiles, de larguísimos dedos de escritor del siglo XXI, se mueven deprisa.

—Anna echa de menos a su madre. Lo está pasando mal con la separación, quiere que volváis a estar juntos —le suelto a bocajarro.

—¿Has hablado con Anna? —se sorprende mi hermano con la pequeña navaja afilada que está utilizando suspendida en el aire.

Asiento, concentrada en el racimo de uvas doradas que tengo entre mis manos. Me lo llevo hasta la nariz y aspiro profundamente. Huele dulce y suave. A promesas cumplidas.

—No te creas que no me he dado cuenta de que no nos has contado nada sobre tu divorcio —le advierto.

—No, no lo he hecho.

—Excepto decirme que todavía sigues enamorado de Júlia.

—No podría ser de otra manera.

—Bien —suspiro—, dejando a un lado tus insoportables principios byronianos de apasionado amor más allá de la muerte, creo que ahora es un buen momento para que me expliques por qué demonios no intentaste salvar tu matrimonio y si todavía es posible hacerlo.

—¿Y por qué habría de salvarlo?

—Porque has dicho que la amas.

—Cierto —se resigna Xavier—. Pero no creo que Júlia sienta lo mismo por mí.

Mi hermano termina de cortar los racimos de su

viña, siempre según las estrictas instrucciones de Marc sobre dejar dos cuartas partes intactas en este sector, se levanta, estira la espalda y se despereza con cierto aire de gato malhumorado.

—¿Qué es lo que no nos has contado?

Xavier suspira, se sienta en el suelo terroso, a mi lado, y empieza a hablar despacio, como si sus palabras fuesen tan afiladas que temiese cortarse los labios y la lengua con ellas a medida que van cobrando forma.

—Un miércoles, cuando todavía estábamos juntos, me asomé a la ventana de nuestro dormitorio para tomar un poco el aire. Estaba trabajando en el despacho y nunca suelo mirar a la calle por esa ventana, pero me dolía la cabeza y había ido hasta nuestra habitación en busca de una aspirina. En fin, por lo que sea, tuve la espantosa suerte de mirar por esa condenada ventana.

Contengo el aliento. Conozco bien la voz de Xavier, sus inflexiones irónicas, su tono sarcástico, sus pausas teatrales, su oratoria dramática. Por eso intuyo lo que está a punto de decirme y me asalta el deseo de taparle la boca, de no querer oír, de que este verano siga siendo el verano de los despropósitos felices.

—La vi, Helena —me susurra con la voz rota y cansada—, la vi besando a otro hombre. Ese miércoles maldito, a través de una ventana por la que jamás debería haber mirado. Júlia, mi Júlia, la chica morena de todas mis fotos, la protagonista secreta de mis novelas, la madre de mis hijos, mi compañera. Allí estaba, al otro lado de la calle, abrazada a un desconocido. Seguramente harta de su soledad, apostando por cambiar de vida.

Guardo silencio, tengo la boca seca. Mi respiración suena acelerada en el silencio de este mediodía desbordante de fruta madura.

—Cuando llegó a casa no fui capaz de mirarla a la cara.

Me encerré en el despacho y clavé los ojos en la pantalla del ordenador. Tenía miedo de ver la felicidad, el deseo, el amor por otro en la cara de mi mujer. No creo ni que se diese cuenta de mi comportamiento, llevaba tantos años encerrándome en ese despacho, y dejándola a ella y a los niños fuera, que ni siquiera tuve que disimular.

—No le dijiste nada —pronuncio en voz baja.

Xavier niega con la cabeza, apesadumbrado.

—¿Qué sentido tenía ya? Hacía tiempo que nosotros no éramos una pareja, apenas compartíamos nada. No culpo a Júlia de haber encontrado a alguien que quizás sí sea capaz de estar realmente con ella. No nos engañemos, Helena, yo llevo demasiados años habitando la soledad de mis propias páginas.

Inclino la cabeza y la apoyo en el hombro de Xavier. Él pasa un brazo por mi espalda y acompasa su respiración a la mía.

—Lo siento mucho —le digo.

No creo que haya palabras de consuelo para un escritor, él ya las tiene todas consigo, aunque no sepa cómo articularlas por el momento.

—Lo sé. No te preocupes. A partir de ese día tuve muy claro que Júlia ya había tomado una decisión por nosotros dos y que preparaba con cuidado el último acto de nuestro drama para que fuese una separación lo más limpia y lo menos traumática posible.

—¿Para quién?

—Para los niños —sonríe Xavier.

—¿No vas a hablar con ella?

—Cuando se me pase la rabia y la pena que siento hacia mí mismo. Cuando resurja de mis cenizas y esté preparado para ser un hombre nuevo.

Xavier me da un beso en la frente y se separa de mí para ponerse en pie.

—O quizás nunca, quién sabe. Quizás sea mejor que siga mi camino hacia la perdición. Muchos escritores locos y atormentados han tenido buenas vidas.

—Querrás decir que han tenido buenas ventas —apunto.

—¿Y no es eso lo mismo?

—Pues entonces habla con Anna.

—Lo haré —me asegura—. Voy a echarle una mano a Marc con los cestos. No te olvides de que cuando esto termine tenemos que hablar de negocios.

Me siento a los pies de una nueva cepa y me concentro en hacer respiraciones pausadas y profundas. Todos guardamos pozos de dolor en nuestro interior, criminales miércoles en los que nos asesinan la confianza, en los que nos convertimos, de repente, al mirar por una ventana, en seres desesperanzados. Hace años que Xavier eligió un camino de soledad y reclusión, una senda escabrosa para un padre de familia. Ha pagado caro el peaje y ha perdido a Júlia. De él depende no perder también a sus hijos.

No sé por qué mi hermano no me ha contado nada de todo esto hasta ahora. Comprendo sus palabras desoladas de nuestro primer encuentro en el salón sin fotos, pero sé que podría haberme hablado después, en el jardín, o la noche en la que Silvia y yo le hicimos hueco entre los cojines, frente a la chimenea. Los otros, no importa que sean de nuestra misma sangre, son seres misteriosos, se esconden en un paisaje recóndito al que resulta imposible llegar pese a los mapas y brújulas que nos regalen; no importa lo mucho que deseen ser explorados, nadie tiene la llave absoluta de otro.

Me gusta imaginar que el paisaje interior de Marc es un viñedo pequeñito y verde, abrigado de las inclemencias por un bosque de abedules, donde hay un lugar hecho a mi medida que me está esperando.

Sonrío como una adolescente que guarda un secreto, termino de cortar algunos racimos más y levanto la vista. Cerca, el señor Serra trabaja sentado en un taburete plegable y parece concentradísimo bajo el ala de su sombrero de paja.

—Cuando cumples ciertos años crees que ya lo has hecho todo en la vida —me dice cuando me ve sentarme en el suelo al lado de él.

—Pues ya ve que no es así —le sonrío.

—Buen hombre, su Marc —me dice después de algunos minutos de trabajo silencioso—. Si este vino es solo la mitad de agradable y sincero que su propietario, le auguro un excelente éxito.

—Eso espero. ¿Va a quedarse en Serralles? —le pregunto—. Cuando termine el verano…

—Sí, creo que sí, me quedaré.

—¿Le gusta jugar al dominó o a las cartas?

El señor Serra me mira intrigado. Tiene la cara reluciente de sudor y los ojos entrecerrados por el sol.

—No sé si conoce La Cacerola…

—Sí.

—Sus dueños están también en la vendimia, después se los presento. En su bar es donde juegan al dominó, o a lo que sea, los parroquianos del pueblo. Se lo comento por si se cansa de tanto cursillo gastronómico.

—No le hace demasiada publicidad al negocio de su madre, ¿verdad?

—Todo tiene un límite, señor Serra, incluso el número de asados quemados y asquerosos que una puede comer.

—Su madre es estupenda —dice levantándose con cierto esfuerzo de su taburete y mirando hacia la casa—, y creo que nos están llamando para comer.

Mamá y sus amigas han sacado un par de mesas fuera, bajo el porche lateral de la masía de los padres de Marc. Las han vestido con manteles blancos de papel que ondean con la brisa del mediodía.

Obedeciendo al alegre cacareo de la señora Pepa, los trabajadores abandonan de buena gana sus puestos y se apresuran a lavarse en las vías de riego para ir a comer.

Me pregunto cuánto sabrán los padres de Marc de los planes vinateros de su hijo menor. Los recuerdo como un matrimonio serio, introvertido, poco sociable pero siempre amable en el trato. El padre, un fontanero jubilado, y la madre, una de las administrativas de la fábrica de galletas de mi familia, hace años que se mudaron a Londres, junto al hijo mayor y a sus nietos. Vuelven esporádicamente al pueblo pero no sé con cuánta frecuencia. Me gusta imaginarlos con cara de sorpresa al ver los campos de sus abuelos surcados por las hileras de hermosas viñas y cierto punto de horrorizado desconsuelo frente al amarillo pollo que ha elegido su hijo para restaurar su casa *pairal*.

Antes de ir hacia la sombra del alero de pizarra, me descalzo. Hundo los pies entre los terrones granatosos de esta tierra buena y generosa, y abro una de las llaves de paso del sistema de riego. Me lavo manos y brazos, me refresco la cara, la nuca, el pelo húmedo bajo la enorme pamela blanca de paja —recuerdo de uno de los cruceros de mamá con sus amigas por el Mediterráneo— y las piernas polvorientas, descubiertas por los pantalones cortos que llevo hoy. Me acerco a la casa y me detengo justo aquí donde la tierra ya es césped cuidado y mullido. Entierro los dedos de los pies, estiro la espalda y me desperezo. La vida nunca había sido tan sencillamente buena.

El equipo de cocineras ha montado un festín al aire libre. Somos demasiados para organizar una mesa tradicional con comensales sentados, por eso mamá ha pensado en un bufet. Hay bandejas de ensaladas (de arroz, de pasta, de patata, de diversas variedades de lechuga) y tortillas; destacan, entre los platos fríos, rebanadas sonrosadas de rosbif. Bajo tapaderas transparentes, humean redondos de ternera rellenos de huevo y de ciruelas, patatas asadas *al caliu* con su pimienta y su sal gorda, guisos de pollo, de albóndigas y de codorniz; revueltos de verduras de temporada, berenjenas rellenas, cremas de calabacín… Olores deliciosos se elevan potentes en el aire limpio cada vez que alguien levanta las tapaderas para servirse un plato reconfortante de buena comida casera.

En un extremo de la mesa, Miquel, que ha estado ayudando a su abuela toda la mañana, ha dispuesto con gracia infantil un cesto grande de pan. Barras de centeno, rebanadas de cereales y semillas de amapola, baguettes de pipas, bollos de cebolla, pan de zanahoria, pasas y nueces… A su lado, destacan rojísimos y tentadores los tomates maduros y las botellas de dorado aceite de oliva.

Los vendimiadores se han repartido alrededor de la mesa, algunos en sillas traídas de la casa, otros sentados en el suelo, con la espalda cómodamente apoyada en la pared de la masía. Todos sostienen platos hondos, de una hermosa loza color índigo, y comen con ganas con sus tenedores de plástico. En una mesa más pequeña, jarras heladas de limonada brillan junto a botellas de vino, agua y otros refrescos.

Me sirvo un vaso de limonada, le añado hielo y disfruto de los rostros felices y colorados que me rodean.

—Nosotros nos vamos dentro de un rato —le dice a Marc el señor Antonio—. Tenemos que abrir el bar.

—Por supuesto —le contesta él palmeando su espalda con afecto—. Muchas gracias por venir.

—Nosotros nos vamos —añade Milagros a la información de su marido— pero vienen Lola y Robert, los de la pescadería. Así nos turnamos, que ya tenemos una edad.

—Pero cuando terminéis aquí —sigue el señor Antonio—, estáis todos invitados a una cervecita en La Cacerola. Que no todo va a ser desriñonarse.

Los improvisados vendimiadores dan las gracias al simpático matrimonio y alzan los vasos a su salud. Después brindamos todos por Marc y la nueva cosecha.

Marc pasa sonriente entre los corrillos, atiende preguntas y regala explicaciones. Tiene una sonrisa perenne y creo que no le he visto comer absolutamente nada. Por fin consigue llegar hasta mí y se sienta en el suelo, a mi lado.

—Quedamos Xavier, tú y yo en La Cacerola. Tenemos que hablar de números —me dice.

—Tengo una amiga en Barcelona, es abogada de sociedades. Le pediré cita para la semana que viene y lo formalizamos todo.

—¿No te fías de mí, abogada?

—Ni pizca —le digo muy seria—. Eres capaz de desaparecer con tus cepas bajo el brazo y volver a casarte tres veces antes de que te encuentre de nuevo.

## En una noche de verano

Mamá ha dejado los ventanales del salón entornados y un suave vientecito —a estas alturas del verano, ya frío— se cuela haciendo ondear las cortinas. El señor Serra se ha acomodado en uno de los sillones con orejas y lee muy concentrado un libro sobre viticultura. Se ha puesto unas gafas enormes, con una fea montura de pasta marrón, que le restan algo de su habitual prestancia y le hacen parecer un viejo químico chiflado.

Para regocijo de mi sobrino, el vikingo de Silvia ha demostrado tener un curioso talento para perder en todos los juegos de Mario Party. Miquel ha hecho equipo con Silvia y les están dando una paliza a Anna y al gigante rubio. La risa y las protestas de los niños, de mi hermana y su Thor ponen una agradable banda sonora a esta noche de calma. Mamá tiene una libreta en el regazo en la que va apuntando cosas con un lápiz verde. De vez en cuando levanta la vista y mira complacida a su familia.

Se termina el verano y las noches son más frías que de costumbre a los pies de los Pirineos. Xavier y Marc han salido a celebrar el final de la vendimia. Marc consiguió contratar de nuevo a su equipo de enólogos y expertos vendimiadores, así que la buena gente de Serralles lo ayudó durante los tres primeros días, hasta que el número de profesionales fue aumentando entre las cepas y ellos se retiraron aliviados —pero también algo pesarosos, pues habían llegado a sentirse parte del equipo—. Marc los invitó a cenar para dar por concluida su participación. Me contó que todos estaban agotados y orgullosos, que se habían implicado tantísimo en aquellos pocos días que sentía la presión de ser observado como nuevo y prometedor bodeguero. El señor Serra asistió a la cena, ejerció de anfitrión e hizo buenas migas con la pandilla de jubilados que queda cada martes y jueves en La Cacerola para jugar al dominó, y los miércoles cerca del pajar del señor Ros para interminables competiciones de petanca. Desde entonces lo vemos menos por casa... a la hora de los seminarios de cocina de mamá.

Ayer se terminó la vendimia, aunque Marc todavía estaba desaparecido entre las tinajas, las prensas, el laboratorio y su comité de enólogos —dos señores muy serios con bigote y barba que hablaban en voz tan baja que Silvia empezó a llamarlos Los hombres que susurraban a las uvas—, por lo que llevábamos tres días sin vernos. Hemos fijado una cita la semana que viene en Barcelona con la abogada para constituir la nueva bodega.

Habíamos concretado nuestra asociación en la terraza de Antonio y Milagros, ante unas cervezas frías y sus aceitunas mágicas.

—Una sociedad de tres —resumió Marc esa primera noche de la vendimia—. Tendré que cambiar el nombre de la bodega.

—¿Cómo ibas a llamarla? —pregunté curiosa.

—Saugrés.

—Qué inesperado —apuntó Xavier muy serio.

—No te rías, no todos tenemos la imaginación de un escritor —se defendió Marc.

—A mí me suena muy bien Bodega Saugrés —concilié.

—A mí también —se apresuró a señalar mi hermano—. Saugrés & Brunet me hace imaginarme a la decrépita sastrería de un vejete de la época victoriana.

—Pues me gusta ese Saugrés & Brunet para el cava.

—El vejete con bigotillo y patillas, canoso, la boca llena de alfileres... me tomaría medidas para un sombrero de copa con el que saludar a las damas de los carruajes...

—¿También vas a elaborar cava?

—En esta primera vendimia, no. Pero la idea es hacer una añada limitada y numerada de un cava muy original con el que quiero experimentar. Algún año, claro.

—Y esas corbatas de lazo..., ¿cómo se llamaban?

—Cuéntanos qué habías pensado para esta primera añada —le pedí contagiada de esos planes de futuro y pegándole un codazo a Xavier para que dejase sus ensoñaciones victorianas. Tomé nota mental de presentarle al sastre decimonónico de Jofre.

—Dos vinos jóvenes distintos, aunque las dos terceras partes de la producción irán a *coupage* para reserva. Los jóvenes con las variedades de merlot, syrah...

—Eh, para el carro —se rio mi hermano volviendo al siglo XXI—. Las clases de enología nos las das este invierno. A mí con que me dejes bautizar uno de los vinos...

—Eso está fuera de toda discusión. —Marc se puso serio mirándome a los ojos—. La primera añada se llamará Tiempo de Helena.

Llevo un rato intentando concentrarme en el hermoso ejemplar ilustrado de *Peter Pan* que mi padre tuvo en su biblioteca desde que yo recuerdo, pero las ilustraciones son tan bonitas que tironean de mis pensamientos. No tardo en sentirme como Wendy, inmersa en un mundo fantástico en donde todo funciona al compás de una lógica extraña y maravillosa. Intento relajar cada músculo resentido por esos días de vendimia e improvisada locura.

—Buenas noches.

El saludo nos toma por sorpresa. Jofre ha entrado en el salón y lo acompaña Gorka Muntaner, la eme de MAC. Mamá ha dejado la puerta principal abierta, como suele hacer hasta que nos vamos a dormir, y con el barullo del Mario Party no les hemos oído subir la escalera.

Mi madre y yo nos ponemos en pie como impulsadas por un resorte. Con el rabillo del ojo veo al señor Serra alzar su nívea cabeza y estudiar a los recién llegados por encima de la espantosa montura de sus gafas. Los niños siguen jugando pero Silvia se ha vuelto hacia los visitantes con cierta hostilidad.

—Jofre —susurro.

Por primera vez entiendo, literalmente, lo que significa la expresión «caerse el alma al suelo». La mía acaba de desprenderse de mí y yace a mis pies, a punto de ser pisoteada. Hace un frío sin alma. Mi madre no debería haber dejado entreabierta la ventana.

Pienso en la sombra desprendida del pobre Peter, en sus intentos por atraparla y pegarla de nuevo con jabón a sus talones. En la hermosa Wendy despierta, en camisón, preguntando: «¿Por qué lloras, niño?». En el mundo entero que encierran esas cuatro palabras, las manos hacendosas de la niña volviendo a coser la sombra perdida de un muchacho maravilloso, capaz de volar por encima de los tejados de Londres.

«¿Quién va a coserme el alma con este frío?», pienso incoherentemente. Ahora que he aprendido a volar, se presenta en mi puerta el único lastre que podría devolverme a tierra.

Jofre entra en la sala, besa a mi madre en la mejilla, a mí en la frente y dedica un gesto de saludo a Silvia y al resto de los presentes.

—Este es el señor Gorka Muntaner.

La eme de MAC se adelanta, estrecha la mano de mi madre y me dedica una sonrisa.

—Buenas noches. Señora…, Helena…, ¿cómo va todo?

Silvia suelta el mando de la consola y cruza en un par de zancadas —ridículamente pequeñas teniendo en cuenta la longitud de sus bonitas piernas— el salón para plantarse delante de mi exjefe. Está colorada de rabia, sus hermosos hombros alzados bajo la camiseta aguamarina de tirantes, todo su cuerpo de hada valiente tenso, preparado para saltar sobre su presa. Puedo imaginarla con exactitud así sobre la cubierta de su barco de estudios biomarinos, alerta ante la presencia de delfines, en guardia contra un ballenero inesperado, beligerante ante cualquier rastro de vertido en la engañosa calma de un océano moribundo por la mano del hombre. ¡Oh, qué gran Ahab habría sido Silvia!

—Hace falta cara —dice entre dientes.

—Silvia —le advierte mamá.

—Este —dice mi hermana señalando a Muntaner— es el imbécil que ha despedido a Helena después de doce años desempeñando un trabajo excelente, tan bueno que ni él mismo sabría por dónde empezar a valorarlo.

La sonrisa cortés se borra del rostro de la eme de MAC. Jofre aprieta los dientes y mira a Silvia como si pudiese eliminarla de la faz de la Tierra con el poder de rayos láser de sus ojos.

—He venido para la boda —se excusa sin mucho sentido el terrible abogado.

—Para la boda —se ríe mi hermana—. Como si a Helena le importase algo. Dígame, dechado de virtudes encorbatado, ¿de verdad no se le ha pasado por esa cabeza llena de petróleo que tiene que aquí, en la casa de mi familia, pudiera no ser bienvenido?

Mamá se adelanta y acaricia levemente uno de los brazos de mi hermana. Solo su toque mágico consigue apaciguarla, hacerle soltar la presa.

—Silvia, procura ser algo más civilizada —interviene Jofre.

—¿Civilizada como él, que despidió a mi hermana solo porque iba a casarse?

Me falta el aire, siento la cabeza extrañamente ligera y la sangre agolpada en las manos. El señor Serra me está mirando y parece preocupado.

—Helena, ¿se encuentra bien? Está muy pálida —me dice amable.

—Sí. No. —Empiezo a moverme con rapidez, temerosa de caerme al suelo, junto a mi alma—. Voy a… Bajo un momento a la cocina a traer algo para beber. Quizás consiga morirme por el camino y no tener que volver a subir de nuevo.

Abandono apresuradamente el salón, vuelo escaleras abajo, atravieso la cocina en penumbra y salgo al jardín. Las lucecitas navideñas me hacen un guiño travieso y solo entonces recuerdo cómo se hacía para respirar.

Me siento en una de las sillas de mimbre y me concentro en el aire frío de la noche. Arriba, un cielo estrellado bosteza prolongadamente, aburrido —seguro— de la penosa tragicomedia humana de estos pobres mortales. Tengo ganas de arrancar todos los jazmines de mamá y bailar sobre ellos hasta convertirlos en una masa marchita y condenada.

—Helena.

Jofre sale al jardín y se para frente a mí. Alto, moreno, con gafas y sin sonrisa, con sus ojos pequeños, sus labios finos y su cuerpo nervudo, lleno de aristas. No parece tan temible al aire libre.

—Te esperaba antes —le digo.

—Tengo mucho trabajo, ya lo sabes. Sobre todo, si quiero tomarme vacaciones, tenía cosas pendientes que dejar atadas.

—¿Por qué has traído a Muntaner?

—Está invitado a la boda.

—Pero la boda no es hasta la semana que viene. Y yo no lo invité.

—Necesitaba un sitio donde descansar unos días, apartarse de la prensa, ya sabes.

Jofre se da cuenta de mi desconcierto y carraspea.

—Pero ¿es que no sabes lo que ha pasado? ¿No lees la prensa, no escuchas las noticias? —me dice incrédulo.

—Aquí no.

Jofre no puede entenderlo. Aquí se para el tiempo y ninguna noticia importa más que las cosechas de la tierra, la llegada del camión del pescado o las aceitunas de la señora Milagros. En Serralles el ritmo de la vida se ralentiza y se ennoblece, la luz se vuelve dorada y nuestros vecinos devienen amigos con los que salir a tomar un helado o sentarse en las terrazas de los soportales con un bocadillo de beicon y queso caliente y una cerveza fría.

—La Fiscalía ha admitido pruebas contra MAC por

asistencia en blanqueo de capital a un *holding* nacional. Se han abierto diligencias y una investigación, los periodistas acosan a Muntaner y a sus dos socios. Pensé que aquí podría relajarse un poco. Hasta la boda.

Las palabras de Jofre me producen asco. El solo pensamiento de que mi paraíso pueda convertirse en refugio de blanqueadores de divisas —y quién sabe qué otros delitos espantosos— me asquea y me llena de rabia. Serralles debería estar a salvo de abogados y ladrones, un oasis en el mapa de este siglo de desdichas.

—Jofre —me atrevo a decir por fin—, no creo que debamos casarnos.

Cierro los ojos, inspiro el aire frío y lo dejo salir despacio hasta quedarme vacía de miedo y rabia. Ya está, ya lo he dicho. Siento como si mi alma —abandonada momentáneamente en el suelo del salón sin fotos de mamá— hubiera vuelto a mí. La recibo sin hacer preguntas, abro los ojos y busco la mirada de Jofre. Me pregunto cómo pude alguna vez haber estado convencida de sentir algo parecido al cariño por este hombre ajeno y complicado que me devuelve una mirada inexpresiva.

—No entiendo qué quieres decir.

—No quiero casarme contigo —le digo.

—Helena. —Suspira cansado, como un padre harto de explicarle a un hijo travieso por qué demonios debe lavarse las manos siempre antes de comer—. No creo que nos hayamos precipitado al tomar esta decisión, pero si necesitas más tiempo…

—No, no es una cuestión de tiempo —le interrumpo—, es una cuestión de amor.

—Pensaba que ya habíamos hablado de esto, que ya estaba decidido. Hace años que estamos juntos, nos conocemos bien, tenemos un proyecto en común, una carrera profesional…

—¿Y qué proyecto es ese, Jofre?

—*Locooo por besar tus labios, lalalalalala.* —Una cancioncilla insidiosa, tarareada a dos voces, interrumpe la gravedad de mi confesión.

Alguien tropieza con los cacharros de la cocina y se oyen risas ahogadas. Marc Saugrés y mi hermano Xavier irrumpen en el jardín y se nos quedan mirando sorprendidos.

—Oh, la bella Helena —declama Xavier—. Y el malvado Menelao. Ten cuidado, mi buen Paris —le susurra a su compinche.

—No tengo miedo de ningún juez de paz.

—Poca paz hallarás y menos consuelo.

—Tienes razón.

—Con todo esto, y a decir verdad, en nuestros días, razón y amor no hacen buenas migas —declama mi hermano a Shakespeare con una voz impostada y teatral.

—¿Habéis bebido? —pregunto de manera innecesaria a juzgar por las payasadas de estos dos.

—Mucho —dice Marc muy serio.

—Muchísimo —apunta mi hermano sentándose en el balancín blanco—. Nadie jamás ha bebido tanto como nosotros esta noche.

—Pero solo vino —se excusa Marc.

—Compañero, te presento al Juez Dredd —dice Xavier haciendo un gesto hacia Jofre—, el prometido de nuestra Helena.

Marc da un paso adelante y hace una reverencia torpe. Tendría su gracia si no fuese porque mi *prometido* está a punto de perder la paciencia, y la mirada burlona de Marc no presagia precisamente nada divertido.

—Señor Dredd —le dice el vinatero de los ojos grises señalándole con el dedo—, usted no se la merece.

Y sus últimas palabras están tan teñidas de tristeza,

de una pena tan profunda y antigua, que me conmueve. El niño con el que compartí los veranos más felices de mi infancia está escondido detrás de esa postrera frase.

—Pero ¿qué fantochada es esta? —se enfada Jofre.

—Señor Dredd —interviene mi hermano muerto de risa—, si su carísimo *smartphone* no se empeñase en marcar esta fecha del siglo XXI, mi amigo lo desafiaría en un duelo a muerte por la dama.

—*Oh, my god!* —exclama Marc.

—Qué bravo acento londinense —lo anima Xavier—. Yo seré tu padrino, mi buen Paris.

En esos momentos, Silvia y el señor Serra salen al jardín. Mi hermana parece extrañamente dichosa.

—Mamá ha echado a ese Muntaner de casa —dice llena de orgullo filial.

—Pero ¿qué...? —farfulla un cada vez más indignado Jofre.

—Ah —suspira el señor Serra animadísimo en esta noche de verano en la que, lamentablemente, nada de todo esto es un sueño—. Su madre ha estado magnífica.

—Le ha dicho: «Viene aquí, a mi casa, para la boda de mi hija...».

—No, no ha sido exactamente así —corrige el señor Serra a mi hermana—, ha dicho: «Viene aquí, a mi casa, después de haber menospreciado el talento de una de mis hijas e insultado la honestidad y el cariño por su hermana de la otra».

—«¡No es usted bienvenido!» —gritan al unísono el señor Serra y Silvia.

Xavier rompe a aplaudir y Jofre pierde los estribos.

—Esta es una familia de locos —escupe con furia.

—Pues deberías pensártelo mejor porque estás a punto de pasar a formar parte de ella —le advierte mi hermano con una sonrisa de oreja a oreja y el dedo índice de la mano derecha levantado.

—Helena es distinta.

—Uy, Helena es la peor de todos —insiste Xavier—. Camina descalza por el jardín y no sabe constituir una sociedad limitada. Ha tenido que llamar a otra abogada.

—Sí que sé —me defiendo consciente del absurdo de sus palabras.

Jofre echa una mirada horrorizada a mis pies —que milagrosamente siguen disciplinados dentro de mis sandalias blancas— y me da la espalda, furioso.

—Voy a buscar a Muntaner —gruñe por encima del hombro—, ya hablaremos más tarde.

—Si te das prisa —le dice Silvia con mucha formalidad—, puede que todavía lo encuentres bajando por el camino que llega hasta Serralles.

Mamá se cruza con Jofre en la puerta de la cocina y lo mira con cierta tristeza pero decide no decirle nada. Bastante tiene con contemplar los restos de la batalla que han quedado desperdigados por su jardín y que, lamentablemente, tiene a sus tres hijos como protagonistas del desastre.

El señor Serra, hábil mediador social donde los haya, detecta feliz que ha llegado el momento de la retirada y se despide de nosotros hasta mañana. Silvia murmura que va a acompañarlo hasta la puerta —no vaya a perderse por los pasillos— y Xavier sigue obstinado en no enfrentarse a los ojos de su madre. Marc me mira como si jamás hubiese visto nada igual sobre la faz de la Tierra, da un par de pasos hacia mí, susurra un «Helena» ronco y apasionado, y opta por sentarse en el diván, de súbito consciente de que el suelo bajo sus pies ya no es todo lo firme que parecía hace apenas unos instantes.

—Xavier, hijo —dice mi madre con suavidad—, voy a acostar a los niños, que se ha hecho tarde. No tardes en subir.

Mi hermano asiente, con la vista hundida en la hierba húmeda del jardín.

—Helena, ¿estás bien?

—Sí, mamá, no te preocupes. ¿Y tú?

Ella alza las cejas con un mohín resignado, aspira el aroma de los jazmines y se marcha.

Xavier se levanta y se acerca hasta mí.

—Siento lo que...

—No, no hay nada por lo que tengas que disculparte —le interrumpo—. Soy yo quien debería haber hablado con el Juez Dre..., con Jofre, hace ya algunos días.

—Mañana —me advierte mi hermano—, habla con él mañana. Esta noche ya ha tenido suficiente. Oye, Helena, no te asustes pero creo que voy a abrazarte.

Me río aliviada y me hundo en el abrazo de oso de Xavier. Me pregunto cómo sobreviven las demás familias cada vez que coinciden bajo el mismo techo. Supongo que deben evitar que eso suceda en la medida de lo posible.

—¡Ay, soy un juguete de la fortuna!

—Ve a dormir, maldito bardo.

—Algunos ya siguen tu sabio consejo.

Marc se ha quedado dormido en el diván blanco, con la cabeza caída sobre el pecho y las piernas retorcidas en un ángulo espeluznante para un adulto de su tamaño. Xavier me ayuda a ponerlo en posición horizontal; entra en casa y trae una de las mantas gruesas que mamá guarda en el armario empotrado del pasillo. Me la tiende, me guiña un ojo y me da las buenas noches.

Extiendo la manta sobre Marc el durmiente y me inclino para contemplar su rostro en calma. Extiendo la mano y, apenas con la punta de los dedos, retiro un mechón castaño de su frente. Inesperadamente, el celoso dueño del mechón atrapa mi mano con la suya y la retiene, sin abrir los ojos. Alcanzo sus labios y recojo el anhelante susurro de la única palabra que pronuncian:

—Helena.

—Duerme —le digo en voz baja—. Duerme.

Me deshago de la presa de su mano, le subo la manta para taparle bien los hombros y lo dejo ahí, en el jardín, bajo las estrellas burlonas y el aroma inconfundible de los jazmines en flor.

## *Where do you go when you're blue?*

*H*e dormido poco y mal. La manta de algodón ha resultado insuficiente y me levanto con los dedos del frío rozándome los huesos. No tengo a mano ninguna prenda de abrigo más que la chaqueta ligera que me subí anoche. Me la pongo, abro los recios postigos de madera y contemplo a través del cristal de mi ventana las montañas veladas por la bruma alta de la mañana. Todavía no ha nevado sobre las cumbres pirenaicas.

Me ducho —esta vez no hay vikingos en el baño compartido—, me seco el pelo, lo recojo con cuidado y me visto capa sobre capa hasta sentirme razonablemente abrigada. Llamo a Jofre y quedo con él en el vestíbulo de su hotel dentro de media hora para desayunar juntos. La voz me sale ronca y a trompicones, temblorosa. A él se le escucha con claridad. Emplea ese tono preciso y severo con el que acostumbra a abrir los procesos en los juzgados.

Hoy es lunes y todavía es temprano. La ninfa prodigiosa de la recepción aún no ha llegado. Precisamente esta mañana no me hubiese importado encontrarme con su mirada de menta. Así han cambiado las cosas desde que llegué a esta casa con mis prejuicios sobre las sorpresas y mi inmovilismo existencial.

Conduzco hasta Boí Taüll y encuentro sin problemas el hotel en el que se alojan Jofre y Gorka Muntaner porque es el único de cinco estrellas. Este pueblecito, que será tomado al asalto por los esquiadores más impacientes en cuanto abran las primeras estaciones de la zona, hoy se despierta perezoso bajo un cielo de tormenta.

Cuando entro en el vestíbulo de suelos de madera y butacones rojo cereza, Jofre ya me está esperando. Se ha sentado junto a uno de los ventanales que dan a la falda de las montañas. Un prado verdísimo, pese a la luz mortecina de esta mañana, alfombra el otro lado de ese cristal.

—Buenos días —me saluda en cuanto me acerco a su mesa.

Se levanta, impecable como siempre en sus pantalones milimétricamente planchados y su camisa azul celeste de manga larga abrochada hasta el último botón, y me da un beso fugaz en la mejilla. Llama a un camarero y encarga el desayuno para los dos. Con Jofre todo encaja a la perfección, no hay lugar para las arrugas o para las manchas, y los camareros siempre aparecen en el momento preciso. A Jofre ningún vikingo florista osaría cobrarle ni un céntimo de más por un ramo de malvaviscos modificados, ni un ejército improvisado de vendimiadores se presentaría bajo su ventana para ofrecer ayuda en un gesto antiguo como el tiempo.

—Siento lo de la otra anoche —le digo para romper el hielo tras el intercambio de cortesías que hemos mantenido mientras nos servían el café, la fruta y las tostadas.

Me duele la garganta y carraspear no contribuye a que mi voz suene con más nitidez. No creo que sea capaz de comer nada.

—Por suerte, Gorka tiene una educación exquisita. Se hizo cargo enseguida de los nervios de tu familia...

—Gorka Muntaner me importa un pimiento.

—¡Helena! Si te vas a poner así...

—Te estoy pidiendo disculpas por lo de anoche. Pero no por la imbecilidad y el poco tacto de un abogado corrupto que tuvo la estúpida idea de aparecer en la casa de unas personas que me quieren lo suficiente como para entender que el indeseable que me desprecia profesionalmente no tiene lugar en su salón. Te estaba pidiendo disculpas a ti, solo a ti, por la irrupción de Xavier y de Marc en el jardín, por lo que dijimos, por no haber estado a solas para hablar con calma.

—Ahora podemos hablar civilizadamente —me dice imperturbable pese a que yo ya he empezado a sudar.

Le doy un pequeño sorbo a mi café y me sabe a amargura. No creo que pueda cambiar eso añadiendo más terrones de azúcar. A veces, ni siquiera el azúcar puede salvarnos del mal sabor de nuestras elecciones.

—No quiero casarme —le digo a media voz notando una oleada de calor en mi cara—. Contigo. No creo que sea buena idea casarme contigo. Y lo siento porque debería habértelo dicho hace tiempo y en casa. Antes de venir hasta aquí, sin esperar hasta el último momento.

—Te equivocas, Helena. No son más que los nervios de última hora. Estamos bien juntos. Casarnos no es tan mala idea como parece que te empeñas en pensar.

—Estar bien juntos no es suficiente para mí. Ya no.

—¿Y qué más quieres?

—Elevarme un palmo por encima del suelo cada vez que me besas.

—No digas estupideces, ya no eres ninguna niña.

—No sé cómo explicarlo para que puedas entenderme.

—Te entiendo a la perfección, no subestimes mi inteligencia. Has venido a Serralles y todos tus recuerdos de las vacaciones, de cuando eras pequeña y no tenías preocupaciones, te han trastocado el sentido común. Has pasado una mala racha, Helena, con las tensiones de MAC...

—El despido.

—Está bien, el despido, la presión de la boda, el reencuentro con tus hermanos, el recuerdo de tu padre... Cuando vuelvas a casa te darás cuenta de que sigues siendo una persona adulta, con sentido común y responsabilidades.

«Aquí solo eres una lectora», resuena la voz de Jonathan Strenge en mi cabeza. El sentido común, ¿qué puede ser eso? Quiero irme de aquí, quiero pisar otros suelos de madera —los de La biblioteca voladora— que no sean los de este hotel para esquiadores ricos, quiero dejar de ser tantas cosas a la vez para convertirme solo en una: una mujer con un libro abierto entre las manos, solo eso, ¡es lo que quiero!

—No quiero volver a Barcelona. Voy a quedarme a vivir en Serralles. —Me sorprendo a mí misma mientras pronuncio ese deseo en voz alta. Noto la cara colorada, gotitas de sudor en la frente, y los primeros escalofríos de la fiebre me cruzan la espalda.

—Pero ¿qué estupidez es esa?

El Juez Dredd está perdiendo la paciencia.

—La mía. Mi propia estúpida elección. Puede que me equivoque pero estoy tomando mis propias decisiones. ¿Y sabes qué? Me da vértigo. Me da miedo. Pero también me gusta.

Me pongo en pie rodeando mi pecho con los brazos. Me arde la piel y a la vez tengo frío.

—Pasaré por casa la semana que viene para recoger mis cosas.

Jofre se levanta y me mira anonadado. Por primera

vez desde que lo conozco se ha quedado sin palabras. Abre la boca un par de veces para decirme algo pero la vuelve a cerrar sin saber qué es eso que debe decirme. Aprieta los labios hasta que se convierten en dos líneas casi blancas en medio de su cara de juez intolerante.

Lo abrazo brevemente y me demoro en su olor a camisa almidonada y loción de afeitado. Lo noto rígido contra mí pese a que sus manos se abren sobre mi espalda como abanicos fríos.

—Lo siento mucho —susurro mientras las primeras lágrimas caen hasta la impecable pechera azul celeste del Juez Dredd.

Jofre me ofrece su pañuelo con una sonrisa apenada. Ni siquiera entonces, en el vestíbulo de un hotel, con la mesa servida para el desayuno y un ventanal impresionante con vistas a los Pirineos, cancelando una boda, parece fuera de lugar.

—De todas formas, nunca has soportado mis calcetines de colores.

—Helena, por ti habría soportado cualquier cosa.

Le devuelvo el pañuelo con sus iniciales bordadas. Su valentía y su elegancia al encajar mi renuncia hacen que mi despedida sea más penosa.

—Adiós, Jofre.

—Hasta pronto, Helena. Te llamaré.

—No lo harás. Quizás al principio sí. Pero para Navidades ya no tendrás mi teléfono en marcación rápida.

Él mueve la cabeza y vuelve a sentarse a su mesa. Me pregunto a quién llamará entonces. Su lista de amigos y familiares cercanos es casi inexistente, como su costumbre de telefonear para decirles que los quiere y los echa de menos.

La última vez que me vuelvo, justo antes de traspasar la puerta del fastuoso hotel de las nieves, está masticando una tostada mientras observa el prado. Ni siquiera me ha seguido con la mirada mientras atravesaba el vestíbulo.

Ha empezado a llover.

Mis lágrimas se mezclan con la lluvia y el frescor de las gotas alivia mi frente y mis mejillas encendidas. En el coche, sintonizo una emisora musical cualquiera y conduzco de vuelta a Serralles. Mis pensamientos parecen haberse detenido, por primera vez en mucho tiempo agradezco el silencio de la voz de mi conciencia. «La paz de los justos», diría mi padre si pudiese haberme visto estos días de dudas e indecisiones. «La libertad de hacer lo que te dicta el corazón», me habría repetido Silvia. Quizás me haya equivocado, quizás acabe de cometer un error que va a llevarme directa al desastre. Mi única certeza es que acabo de cambiar de rumbo y ya no voy a la deriva. Estoy en paz. Y voy a quedarme en Serralles.

Puede que mi cerebro se haya desconectado temporalmente o puede que el alivio de haber aclarado las cosas con Jofre me haya aniquilado las defensas. Sea como sea, paro el motor del coche y no estoy en Serralles. Fuera, a través de la lluvia, una hermosa masía del siglo pasado, pintada de amarillo pollo, me contempla muda y borrosa. Escucho la música y me quedo allí sentada, tras el volante, incapaz de salir del coche, mirando los sarmientos despojados de casi todo su fruto que, en perfectas hileras hacia el horizonte, extienden sus nudosos dedos hacia la primera lluvia del final del verano.

—¡Helena! —me llama Marc golpeando con los nudillos la ventanilla lateral—. ¿Qué haces aquí?

Lleva un impermeable azul marino pero su pelo castaño ya está empapado.

Despierto del sueño en el que llevo envuelta desde esta mañana y salgo del coche. En la radio, Bono y The Corrs cantan las primeras estrofas de *When the stars go blue.*

Apoyo mis manos en los hombros de Marc. La lluvia fría empapa mi chaqueta fina de lana rosa. Mis pies se hunden un poco en la tierra de la familia de este hombre extraordinario que los años han tenido a bien guardarme intacto.

—Baila conmigo —le digo.

Marc me abraza y se ríe sin preguntas ni condiciones. Como si fuese habitual que una muchacha perdida, empapada de lluvia, llegase cada día hasta sus brazos para bailar con torpeza a cielo abierto, mientras la voz de Bono pregunta acompasadamente *Where do you go when you're blue?*

No me importaría que el tiempo se detuviese justo ahora, en este mismo instante, con la lluvia cayendo sobre nosotros, abrazada a Marc, bailando abrazados sobre la tierra húmeda, con los viñedos ya casi otoñales reprochándonos en voz bajita el robo de sus racimos. Pero la canción termina, mi vinatero preferido posa los labios sobre mi frente y frunce el ceño.

—Helena, creo que tienes fiebre.

—Solo quería bailar bajo la lluvia. Pero está visto que las abogadas parecemos enfermas si hacemos algo así.

Marc me acaricia una mejilla. Sujeto su mano y la entrelazo con la mía. Tengo miedo de que me trague la tierra blanda si él me deja ir.

—¿Estás bien? —se preocupa.

—Si esto mismo lo hubiese hecho Xavier, a todos les habría parecido muy normal.

—Te aseguro que no habría bailado así con Xavier. Bajo ninguna circunstancia.

—Es porque no recito constantemente a Shakespeare, ¿verdad? O a Marlowe, o a Tennyson. *Ah, se ríe de las cicatrices el que nunca ha sentido una herida…*

—Helena, cariño, voy a llevarte a casa.

—El romanticismo ha muerto.

Me pasa un brazo por la espalda y me empuja levemente para que entre en el coche por la puerta del copiloto. Me ajusta el cinturón y se apresura a ponerse al volante.

—Voy a llevarte a casa.

—Esto es un castigo.

Marc se ríe flojito, entre dientes. Antes de tomar la carretera local, me mira intentando ponerse serio. Tiene ojeras y unas pequeñas arrugas en las comisuras de los labios. Estos días han sido de interminables horas de trabajo y está cansado.

—Te he echado de menos —le digo.

—Yo también. Te he visto llegar desde las prensas y por eso he bajado a buscarte.

—¿No vas a besarme?

Marc asume mis anhelos, se inclina sobre mí y me besa. Es lo último que recuerdo antes de caer en un profundo sueño mecida por el suave traqueteo de mi coche camino del pueblo de mis veranos de infancia.

# El jardín en septiembre

*L*a luz de septiembre les sienta bien a las piedras de Serralles. Las calles se redondean, se suavizan las esquinas, el pueblo parece detenido en el tiempo, mucho más amable que bajo el sol ardiente de agosto. La temperatura ha bajado bastante desde las lluvias de la semana pasada y ahora todos andamos con chaquetas, incluso a mediodía. La mía es prestada, de Silvia, porque mi maleta no había previsto una estancia tan larga y la lavadora de mamá hace turnos dobles desde que somos tantos en casa.

Atravieso la puerta verde de hobbit de La biblioteca voladora para encontrarme con la librería desierta.

—¿Hola?

—Un momento, por favor —se oye la voz sofocada de Jonathan Strenge desde algún punto bajo el mostrador—, enseguida estoy con usted.

Fiel a sus palabras, el librero con cara de ratón no tarda en levantarse, algo colorado, y darme la bienvenida.

—¡Ah, es usted! —me reconoce complacido—. Justo a la hora del té.

—Como debe ser.

—Espero que se encuentre mejor.

—He estado en cama unos días, con fiebre. Una especie de gripe —le explico sin quitarme la chaqueta azul celeste de Silvia y con ganas de tener entre las manos la prometida taza de Earl Grey—. Pero ya estoy mejor.

—Me alegro, querida. Le sientan bien esas ojeras —bromea antes de poner en funcionamiento el hervidor de agua—. Ayer estuvo aquí su hermano. Me temo que no nos despedimos en los mejores términos.

—¿Qué ocurrió?

—Murakami.

—¡No!

—Lamentablemente, así fue.

—Oh, lo siento mucho, Jonathan —me disculpo apenada—. Se me olvidó advertirle sobre Murakami. Xavier se pone como un basilisco cuando habla de ese escritor. No sé qué le ocurre, nunca se enfada por ningún otro tema, pero con Murakami... pierde los papeles.

—Sí, me di cuenta.

—¿Y fue muy grave?

—Las últimas palabras que me dirigió antes de salir por esa puerta fueron que se encargaría de que en su próxima novela yo fuese uno de los personajes.

—Uy.

—Una novela negra sobre un truculento asesino en serie.

—Vaya.

—Dijo que se aseguraría de que mi detallada tortura durase por lo menos dieciséis páginas.

Suelto un suave silbido de admiración.

—La última vez que alguien lo cabreó tantísimo le dedicó cinco páginas repletas de descripciones nada favorecedoras. Nunca había leído tantos sinónimos de tonto en un mismo capítulo.

No puedo decir que Jonathan haya perdido su proverbial calma. Pese a las literarias amenazas de Xavier, parece divertido e imperturbable. Sirve el agua humeante en la tetera y dispone con buen pulso los platillos, las tazas, las cucharillas y los bollos *delicious* con una educada sonrisa de ratón hacendoso.

—Y dígame —reanuda la conversación en cuanto se asegura de que estamos cómodamente instalados a un lado y a otro del mostrador—, ¿cómo marcha su proyecto vinícola?

—Hace días que han iniciado el proceso de prensado y de barrica, o como sea. Le confieso, Jonathan, que no tengo demasiada idea de cómo funciona la bodega de Marc. No soy más que una de los socios capitalistas de la sociedad.

—Y abogada —apunta con seriedad.

—Sí, claro, supongo que podría hacerme cargo de la burocracia y el papeleo de la nueva sociedad… ahora que voy a quedarme aquí un tiempo.

El librero detiene a medio camino de sus labios la taza de té y la levanta a manera de brindis con un leve movimiento de sus cejas.

—Ah, querida, qué buena noticia. Celebro tenerla por aquí ahora que se acerca el frío y los días se acortan a tanta velocidad.

—No se me ocurre un lugar más acogedor que este para pasar las tardes de invierno.

—Le agradezco sus palabras, Helena, pero la casa de su madre es magnífica. Apuesto a que le costará separarse de la chimenea encendida en cuanto llegue octubre. ¿Cuánto tiempo se quedará?

—No lo sé.

—Ese es un buen principio —me felicita Jonathan.

—El otoño es un momento estupendo para que me deje devolverle la invitación a la hora del té junto a la chimenea de mi madre. No tengo bollos *delicious* pero hago un pastel de zanahoria bastante presentable.

—Eso será magnífico, amiga mía. Prometo acudir a la cita.

—Señor Strenge...

—Jonathan, por favor.

—Jonathan. Tenía usted razón.

—¿Sobre qué?

—Sobre casi todas las cosas.

El propietario de La biblioteca voladora suelta una breve carcajada pero es demasiado tarde, he visto cómo sus ojos se llenaban de la luz de la esperanza.

—Y sobre que todavía conservo algo de buen criterio —apunto notando cómo las mejillas se me tiñen de rojo.

—Claro, querida, criterio y sentido común.

—¿Por qué estaba usted tan seguro de eso?

—Porque entró en mi librería y porque toma el té negro con una nube de leche.

Sé que voy a pasar muchas tardes de otoño, y de invierno, charlando con este librero de aspecto ratonil, acento británico y extrañísimas e inagotables reservas de sabiduría.


Cuando vuelvo a casa, las risas de Silvia y de mamá resuenan en el piso de arriba. Las sigo hasta el dormitorio de mi hermana y las encuentro haciendo la maleta.

—¿Te vas?

—Hola, cariño. —Mamá tiene la cara roja y está algo despeinada—. ¿Hoy estás mejor?

Asiento y observo a mi hermana. Silvia se entretiene doblando dos veces unos pantalones. Al poco se da por vencida, los arruga de cualquier manera y los tira sobre la cama. Mamá los recoge con paciencia y vuelve a doblarlos.

—¿Ya te vas? —repito.

Ella me mira tranquila, con su mejor expresión de hada que esconde un secreto y asiente con la cabeza.

—Silvia pasará unos días en Barcelona y a finales de mes ya embarca para esa cosa biomarina que tiene pendiente —apunta mamá mientras recoge otra pieza de ropa y la guarda en la maleta.

—Ya sabes —me dice traviesa—, las cosas esas biomarinas me reclaman.

Miquel y Anna llaman a su abuela desde la cocina y mamá nos deja a solas para acudir junto a sus nietos. Eso me recuerda que ellos también se irán pronto y la casa se quedará insoportablemente vacía. O quizás, solo temporalmente vacía, hasta que las primeras nieves traigan a esquiadores cocinillas hasta los talleres de mamá. Me pregunto si la ninfa de los prodigiosos ojos verdes de la recepción aprovechará el otoño para irse de vacaciones al País de Nunca Jamás.

—Ven conmigo a Barcelona —me ofrece Silvia—. Te acompaño a recoger tus cosas del piso del Juez Dredd.

—Me vendría bien no ir sola.

—¿Te da miedo?

Niego con la cabeza y después me apresuro a asentir con parecida intensidad. Silvia suelta una risa amable y se sienta sobre la cama.

—No sé qué voy a hacer a partir de ahora —le confieso.

—Ya has hecho lo más difícil.

—Marc me ha pedido que lo ayude en la bodega. Dice que ahora no tiene tiempo pero que en un mes, cuando las cosas se tranquilicen y el vino siga su reposado proceso, quiere enseñarme cómo funciona todo.

—¿Y te apetece?

—Sí. También quiero hacer un curso intensivo de Derecho de sociedades con una amiga especialista en el tema. Me gustaría llevar la parte legal y burocrática de la bodega, no quiero ser solo un nombre en el contrato de constitución.

—Ahí tienes otro buen principio —me anima Silvia.

—Y le voy a pedir a mamá que contrate a Marc para los cursos de cata de vino de este invierno.

—Si no te lo pide ella antes a ti.

—Y también quiero estudiar Enología. Y tener tiempo para leer. Y echar una mano a mamá con las clases. Y comer bollos *delicious* con Jonathan Strenge. Y que el señor Serra me enseñe a jugar al dominó. Y que…

—Está bien, Helena. Está bien.

Se levanta de la cama y me abraza fuerte. Voy a echarla muchísimo de menos.

—¿Te conectarás por Skype?

—Cada noche —me promete.

—¿Y tu vikingo?

—También tiene cuenta en Skype, no te preocupes.

—No me preocupo —le miento.

—Lo sé.


La inminente partida de mi hermana me ha teñido el pensamiento de azul. Desde el jardín, bajo las lucecitas navideñas, arropada por una gruesa manta y reconciliada por fin con los jazmines traicioneros de mi madre, escucho las risas de mis sobrinos ayudando a recoger y fregar la cocina. Para regocijo de Xavier y felicidad de mamá —siempre partidaria de que la mejor mesa es aquella que reúne al mayor número de comensales bien avenidos—, el señor Serra y el vikingo de Silvia han venido a cenar.

—Helena —me susurra Thor cuando está seguro de que nadie puede escucharnos entre el ruido de las conversaciones cruzadas de una cocina de locos—, te he traído unas flores.

Es un ramo, sencillo y hermoso, de campanillas blancas y pequeñas azucenas. Podría haber sido el ramo de una novia.

—Gracias —le contesto disimulando mi emoción.

Supongo que es la manera nórdica de pedir disculpas por cualquier malentendido —ocurrido en una floristería o desnudo en una ducha— que pudiese haber habido entre dos antagonistas durante este extraño y estúpido verano. Me despierta ternura este hombre enorme y rubio, de ojos pequeños y claros, de silencios largos. ¿Qué va a ser de él sin su pequeña hada de pelo corto y pies inquietos? Confío en que Skype se convierta en el nombre de un viejo y sólido *drakkar* que lo lleve cada noche hasta las costas ignotas de Silvia.

Supongo que es por eso, por las comparaciones de *drakkars* y vikingos enamorados, por lo que he terminado por huir al solitario jardín; me estaba poniendo demasiado sensible. Lo he achacado a mi proceso de recuperación de una gripe terrible y me he apretado con convicción la manta alrededor de mi cuerpo de exiliada.

Bajo un cielo sin estrellas y sin luna, arrullada por los primeros aullidos —pregón otoñal— de los escasos lobos en las montañas cercanas, ha venido a encontrarme Marc Saugrés, capitán de mis veranos de infancia.

—Helena —pronuncia con su voz inconfundible.

—Estoy bien.

—Pasé a verte ayer, pero estabas dormida.

Se sienta a mi lado sin mirarme. Tiene profundas las ojeras bajo esos prodigiosos ojos color de cielo de tormenta, con los que avizora más allá de los arriates y las lucecitas de Silvia. Apoyo la cabeza sobre su hombro y escucho su suspiro, agotado y todavía indeciso.

—No salgas volando, Wendy —dice despacio después de darme un beso en el pelo—. No podría soportarlo.

Desenredo manos, brazos y hombros de la manta que me tiene presa y lo obligo a mirarme. Me conmueve su cansancio y su miedo. Me acurruco tranquila sobre su esternón y espero a que me abrace. Prefiero no pensar en cuánto tiempo hace que él ha soñado con nuestro encuentro.

—No pienso irme a ningún otro sitio que no sea este.

Noto los latidos acelerados de su corazón, el pulso desbocado de su carótida, el calor de sus manos sobre mi piel cuando me levanta la cara para besarme.

—Xavier me ha dicho que no vas a casarte.

—Apuesto a que ha sido con una cita de Shakespeare.

—Dijo algo sobre saquear Serralles en lugar de Troya.

—Marlowe, entonces, la tragedia de Fausto —sonrío.

—¿Debería preocuparme?

—Solo de su cordura.

—Estoy tan cansado que no puedo ni pensar. Pero dime que te quedarás todo el otoño, todo el invierno, toda mi vida.

Le devuelvo el beso inmortal que invocaría Xavier si pudiese vernos.

—Me quedaré —le prometo—, por el té y los bollos *delicious* de La biblioteca voladora. Por los jazmines de mamá y sus turistas culinarios. Por las gafas de químico loco del señor Serra. Por los campos de viñedos por los que corre Samsó.

—Te quiero, Helena.

—Me quedaré por ti, Marc Saugrés, porque me has enseñado un par de cosas que había olvidado sobre mí misma —susurro contra sus labios—. Y porque yo también te quiero.

ϒ

Cuentan que una vez, al pie de los Pirineos, alguien tuvo la estúpida idea de plantar jazmines en un jardín iluminado por lucecitas navideñas para que una novia perdida fuese capaz de encontrar de nuevo el camino, marcado en el cielo, de Nunca Jamás. Cuentan que fue entonces cuando aprendió a volar, por fin, para poner remedio a la soledad de un hombre, de ojos grises y manos impacientes, que tantas veces antes había dibujado, en las arenas blancas de un arroyo, las líneas de todos los veranos del mundo.

# Índice